ÉMILIE FRÈCHE

LES ENGAGÉS

hachette
ROMANS

Lorsque des vies humaines sont en danger,
lorsque la dignité humaine est en danger,
les frontières nationales deviennent sans objet.

Elie Wiesel,
Discours de réception du prix Nobel
de la Paix, 10 décembre 1986

Les Engagés – Photo : Stéphanie Branchu

Hachette Livre, 58 rue Jean Bleuzen, 92170 Vanves.

L’ESPOIR

Clavière, le 28 août 2020

Mon cher enfant qui n'est pas encore né,

Je me rends compte, en ouvrant ce journal, que je ne t'ai pas écrit depuis plusieurs semaines. Je voudrais que tu me pardonnes, et surtout, que tu n'ailles pas t'imaginer que j'ai renoncé au projet de te raconter mon interminable voyage. Bien au contraire. Les heures sombres que j'ai vécues ces derniers jours m'ont convaincu de la nécessité de les poser ici. J'ignore ce que tu feras de ces pages quand tu viendras au monde et que tu seras en âge de les comprendre : tu choisiras, mais en tout cas, elles seront là, à ta disposition, et peut-être que tu auras envie de les partager pour que les gens sachent ce que nous autres

Africains vivions, au cœur de l'Europe, en ce début de XXIe siècle. Si c'est à toi que j'ai décidé de m'adresser, mon futur fils, c'est que tu es le seul à qui je puisse raconter l'indicible. Personne au pays ne serait capable d'entendre mes malheurs, et certainement pas ta grand-mère, à qui j'écris chaque semaine pour lui dire que tout va bien. Le devoir d'un fils est de rassurer ses parents, celui d'un père est de montrer à son descendant le monde tel qu'il est, et de l'y préparer – tel est l'objet de ce journal.

Alors c'est vrai, j'aurais pu attendre ta naissance pour commencer à écrire. Mais peut-être que tu ne naîtras jamais, ce qui me terrifie tant je voudrais que tu sois le prolongement de mon père parti trop tôt, paix à son âme, et dont tu porteras le prénom béni, Ibrahim… Seulement le monde qui m'a été donné de voir depuis deux ans est si rude et si violent que, pour me protéger, j'ai peur de l'oublier. Et si j'oublie toutes les horreurs que j'ai vues et subies, cette amnésie pourrait te contaminer et faire de toi celui que j'étais moi-même à treize ans quand j'ai quitté la Guinée pour un avenir meilleur – quel imbécile ! Oui, j'ai été ce candidat débile à l'exil, qui s'imaginait qu'une terre promise existait par-delà la mer, comme les enfants croient au Père Noël.

Mon fils qui n'est pas encore né, je te le dis aujourd'hui : il ne faut croire en rien, sinon en ce que tes yeux verront. Tout ce qui est consigné dans ce journal, mes yeux l'ont vu. Et je n'ai peut-être que quinze ans, mais j'en sais maintenant bien plus sur le genre humain que si j'en avais cent.

Mes yeux ont tout vu, le pire comme le meilleur. Et mes yeux, ce sont les tiens, alors crois ce qui suit.

Jokojayé

Briançon, le 29 août 2020

Ma Rosalie chérie,

Je trouve enfin le temps d'ouvrir le journal intime que tu m'as offert avant notre départ, et l'idée de t'écrire tous les jours me réconforte un peu. Comme tu me manques ! Et comme c'est étrange de faire cette rentrée sans toi ! Je te l'ai déjà dit sur WhatsApp, mais je te le répète ici :

JE NE SURVIVRAI PAS À CE DÉRACINEMENT.

Le terme vient de ma psy. Elle l'a utilisé lorsqu'elle s'est entretenue avec ma mère après ma dernière séance, et je n'en trouve pas de meilleur. C'est exactement ça : je me sens *déracinée.* Comme le figuier qu'on a déterré de notre jardin pour venir le rempoter ici, à Briançon. Ma mère voulait absolument emporter cet arbre offert par son amie d'enfance, Sylvie – tu te souviens d'elle ? Celle qui est morte d'un cancer il y a deux ans. Mais tu crois franchement qu'un figuier qui a grandi à Marseille pourra s'épanouir dans les Alpes ? C'est mort. Il va crever, lui aussi.

Comme Sylvie.

Et comme moi.

On est arrivés très tard hier soir, après quatre heures de route. Nino a vomi en dépit des médicaments que maman lui a donnés, je ne te raconte pas l'odeur et les pleurs, sans compter que je n'avais plus de batterie dans mes AirPods, je n'ai même pas pu écouter ma musique. Bref, la purge, *le voyage de l'enfer !* Et le pire, c'est qu'on a dormi chez mes grands-parents parce qu'on ne récupérait les clefs de notre maison qu'aujourd'hui. J'adore mes grands-parents, mais sérieusement, est-ce que j'ai encore l'âge de dormir dans l'un des deux lits en bois achetés quand on était petits pour nous accueillir pendant les vacances, et qu'ils n'ont jamais cru bon de changer ? La réponse est non !

Les pauvres vieux, trop sympas, ils nous attendaient dans leur salon, complètement cuits. Ils ont demandé à maman pourquoi elle ne les avait pas appelés pour les prévenir de notre retard, maman a dit que son téléphone était déchargé, alors, du bout des lèvres, ils lui ont reproché d'avoir manqué de prévoyance et c'est monté dans les tours, ça faisait pas cinq minutes qu'on était là.

C'était bien la peine de dire à mon père que ses parents lui manquaient. Ses parents et ses montagnes, tu parles… Elle voulait juste rejoindre David, son nouveau mec. Je me demande ce qu'il se passera le jour où mon père s'en rendra compte. Est-ce qu'il viendra ici pour casser la gueule de David ? Est-ce qu'il exigera qu'on rentre à Marseille ? Sans maman ? Ces questions m'angoissent parce que je connais la nervosité de papa, et sa blessure d'avoir été quitté par sa femme. Même si j'adore mon père, je sais reconnaître ses défauts : il a ce côté vieux macho méditerranéen des hommes de sa famille, et il a beau faire des efforts, c'est comme le dépôt dans le vin, il en reste une bonne couche au fond de lui ! Pourtant le quitter, c'est bien la meilleure chose que maman ait faite. Ils s'entendaient si peu…

Oh, ma Rosalie, je voudrais tant être avec toi… Dans tes bras face à la mer, aux Goudes, et regarder le soleil descendre sur l'horizon. Comment vivre sans la mer ? Comment vivre sans tout ce bleu qui remplit l'âme et ses moutons les jours de mistral ? Sur le mur face à mon lit, j'ai épinglé un grand poster que j'ai acheté juste avant de quitter la ville, comme ces touristes allemandes ou néerlandaises dont je me foutais avec toi, et qui représente une vue de la Méditerranée depuis la plage du Prophète. On y voit ma chère île du Frioul, là où comme tu sais, j'ai embrassé Paul pour la première fois. Je ne te l'ai jamais dit, mais quand il est parti vivre à Paris, l'an dernier, j'allais souvent me poser là-bas pour lui téléphoner, et quelque chose de cet endroit continuait de nous unir.

Maintenant, je ne pourrai plus me rendre au Frioul sur un coup de tête, le samedi matin ou après les cours et me souvenir de ce que nous avons été. Cela me déchire le cœur. Comme me déchirent tous les souvenirs que mon corps porte en lui de cette ville, *ma ville,* sa lumière le matin sur mon visage quand je descendais de la maison en trottinant pour aller attraper mon bus, le vent dans mes cheveux, les voiles et les volets qui claquent les jours de grand ponant, le parfum du jasmin au printemps, le fushia des bougainvilliers dégueulant des murs ocres dans les rues pentues du Panier, l'odeur du poisson pourri, du fioul des cargos, la foule sur la Canebière et nos silhouettes comme des ombres chinoises à la nuit tombante, dansant sur les plateformes le long de la corniche Kennedy. J'ai l'impression d'être amputée d'une partie de moi, maintenant – celle que j'étais jusqu'ici.

Tu sais, tant qu'on y vit, on ne mesure pas combien les lieux portent en eux l'empreinte de ce que nous y avons vécu. Pourtant, je n'ai déménagé qu'à quatre cents kilomètres, mais j'ai l'impression d'avoir changé de pays. Et je ne t'ai pas encore parlé de la maison où nous allons vivre... Elle est plus grande que celle de Marseille et j'y ai une chambre pour moi seule, mais tout y est un peu cassé, rafistolé, vieillot – je la trouve lugubre ! Les robinets fuient, la peinture s'écaille, il n'y a plus de joint autour des lavabos et les portes ferment mal. Bref, on sent bien que l'endroit n'a pas été habité depuis des lustres, et d'ailleurs, quand nous sommes arrivés, le poêle ne marchait pas. Pour l'instant, ce n'est pas si grave, nous sommes encore en été, mais mes grands-parents disent qu'on en aura vite besoin. C'est vrai qu'il fait un de ces froids, ici l'hiver ! Quand on vient pour les vacances, on se les pèle toujours. Je me souviens qu'une année, on avait même dû acheter des chauffages d'appoint, les grands-parents les ont certainement gardés. En tout cas, on a du bois plein la remise. Tu verrais cette pièce au fond du jardin ! C'est la caverne d'Ali Baba... Toi qui aimes tellement aller chiner aux Arnavaux, tu adorerais. J'y ai trouvé de la vaisselle en pagaille, des meubles de métier, du linge jauni par le temps, des outils, des briques, des carreaux de ciment, et tout un tas de trucs que je serais bien incapable d'identifier.

Je me demande comment ma mère a déniché cet endroit… David, sûrement. Il est osthéopathe dans le centre de Briançon, il connaît tout le monde, et le loyer devait être imbattable. J'ignore quel est le montant de la pension que mon père alloue chaque mois à ma mère, mais c'est certain qu'avec son seul salaire de prof, nous n'aurons plus le même train de vie. Il faudra apprendre à compter, et à se priver, nous a dit maman, ce que nous n'avons jamais dû faire avant. Je pourrais te dire que je m'en fiche, que je suis au-dessus de ça, que je me moque de l'argent, mais je te mentirais. En vérité, je me sens déracinée *et* déclassée, comme téléportée dans un décor qui n'a jamais été le mien. Tout est si rustique, ici… si simple… Maman a bien vu ce qu'on ressentait, Nino et moi, en entrant dans cette maison. Elle était furieuse. *Vous êtes des enfants pourris gâtés !* nous a-t-elle dit. Sans doute, mais la faute à qui ?

Parfois, j'ai l'impression que depuis qu'elle s'est séparée de papa, elle a oublié le milieu dans lequel elle nous a fait grandir. Moi, j'aimais notre villa avec piscine et les nouvelles bagnoles dans lesquelles papa se ramenait chaque six mois, c'est un crime ? Je suis fille de promoteur immobilier, pas de fermier ! Je n'ai rien dit à maman pour ne pas faire d'histoires, mais je n'en pensais pas moins. C'est bien beau de tout quitter par amour, mais nous, qu'est-ce qu'on va devenir ?

La rentrée est dans trois jours. *Trois jours...* Je flippe un max. Les gens au lycée parleront-ils la même langue que moi ? Auront-ils mes codes ? Mes goûts vestimentaires et musicaux ? Le pire, ce serait de passer mon année à être pour eux une étrangère. Rester à la porte de leur groupe. Être seule, toujours seule, comme Carmen quand elle a débarqué du Chili en milieu de sixième. On ne se rendait pas compte, à l'époque, comme ça a dû être dur pour elle. On aurait dû être plus gentilles. Je regrette. Maintenant, je vais le payer puisque la roue tourne, c'est papa qui le dit toujours. Oh, ma Rosalou, c'est idiot, mais j'ai peur comme si je rentrais en sixième. Et en plus, on va se farcir les masques en classe, l'angoisse absolue ! Bon allez, faut que je me couche. Je te donne vite des nouvelles.

Je t'embrasse comme je t'aime,

Lili

Clavière, le 2 septembre

Mon cher futur fils,

Me voilà donc, *enfin*, à la frontière franco-italienne, à Clavière plus exactement. Mais Dieu ce que le voyage aura été long ! Tu le connais, tu l'as lu dans ces pages. Ce qui te manque, c'est le dernier tronçon. Alors le voici :

Le 31 juillet, j'ai quitté Lampedusa. J'étais avec mes deux compagnons d'infortune rencontrés dans ce camp, Djibri et Koudoulé. Je ne reviens pas sur les conditions dans lesquelles nous avons réussi à nous échapper de cette prison à ciel ouvert, je t'ai tout rapporté le soir de mon arrivée à la gare de Milan. T'écrire était la seule chose que j'avais trouvée pour rester éveillé, et il le fallait absolument à cause des enfants marocains qui nous tournaient autour, complètement défoncés à la colle. Certains avaient à peine huit ou neuf ans et voulaient nous en faire sniffer à tout prix. Ils espéraient pouvoir ensuite nous détrousser à leur aise. Les petits malins ! Dommage pour eux, nous avions été prévenus par un Soudanais qui nous avait laissé sa place à côté d'un kiosque. On a passé là deux nuits comme des clochards, sur un carton. J'en aurais pleuré de honte si Koudoulé n'avait pas passé son temps à faire le clown.

Koudoulé n'était pas seulement un drôle de garçon, il était un garçon très drôle ! Il imitait tous les gens qui passaient devant nous, les hommes d'affaires italiens accrochés à leur portable dont la voix chantait jusqu'à Rome, les femmes sûres de leur beauté perchées sur leurs talons compensés, les enfants grincheux, les petits vieux qui se curaient le nez l'air de rien, et même les *carabinieri* somnolant dans la chaleur de l'après-midi que des mouches en pagaille n'arrivaient pas à réveiller. Djibri et moi le traitions de malade. Nous étions paniqués à l'idée que ces hommes-là nous demandent nos papiers, mais lui aimait le risque, il nous l'avait déjà bien prouvé depuis notre départ de Lampedusa. Partout où nous étions passés, il avait fait en sorte de se faire remarquer. Nous l'avions vu danser dans les rues de Brindisi pour récolter quelques euros, faire la statue sur le port de Naples, et la nuit à Rome, chaparder des pièces jetées par les touristes dans la fontaine de Trévi ! Rien ne l'amusait tant que faire rire les gens. Il disait que lorsqu'on avait ce talent, on était plus puissant qu'un président, et chaque jour, il se fixait ce but. En réalité, il s'entraînait. Il voulait devenir comique à Paris. Un de ses cousins travaillait dans un théâtre et lui avait promis de l'aider. On ne savait pas si c'était vrai, mais on le laissait dire, ça lui donnait du courage.

Djibri, lui, était attendu par une tante à Strasbourg. Mariée à un Français, elle travaillait comme caissière dans un supermarché.

Leur fille aînée venait de quitter la maison, ils avaient un lit pour l'accueillir.

Quelle chance... J'aurais aimé, moi aussi, qu'on m'attende quelque part, mais je n'avais pas de famille en Europe, aucun ami à rejoindre. Cela ne m'empêchait pas de vouloir gagner la France, car ma mère m'avait toujours dit que cette terre était la patrie des Droits de l'Homme, le pays où je devais émigrer si j'espérais un jour vivre dignement.

En Guinée, cela faisait bien longtemps qu'elle n'y croyait plus. Elle avait enterré cet espoir en même temps que ton grand-père, le jour où, au stade Conakry, elle avait vu les militaires lui mettre une balle dans le cœur. C'était le 28 septembre 2009. J'avais tout juste quatre ans, et tous les deux m'avaient laissé chez ton arrière grand-mère pour aller protester contre le président en place, Dadis Camara, un membre de la junte militaire qui envisageait de se représenter alors qu'il avait promis de ne pas le faire. Beaucoup de Guinéens étaient venus ce jour-là au stade Conakry, désireux de voir leur pays opérer enfin sa transition démocratique.

Le rassemblement était pacifique, les gens se tenaient debout, dans le plus grand calme, mais subitement, les militaires ont surgi et tiré dans la foule, faisant des dizaines de victimes, dont mon père. Ma mère, elle, a été enlevée avec d'autres femmes et abusée pendant plusieurs jours. Il paraît qu'à son retour à la maison, elle n'a pas parlé pendant une année entière. Je ne m'en souviens pas. Je garde juste en mémoire le parfum étouffant de sa peur permanente qu'il m'arrive quelque chose à moi aussi, et son désir de me voir m'envoler vers un avenir meilleur. Qui ne le souhaiterait pas pour son enfant ?

Je suis parti pour réaliser les rêves de ma mère. Oui, j'ai quitté ma ville, mes amis, ma famille pour échapper au destin tragique de mes ancêtres. Et, à Milan, en ce début d'août, enfin, je touchais au but. Deux cent cinquante kilomètres seulement me séparaient encore de la frontière française, c'était fou ! Cela faisait près de deux ans que j'avais quitté la Guinée. Deux ans. J'arrivais à peine à le croire...

Le matin du 3 août, nous avons décidé de monter dans un train pour Paris. Nous n'étions pas les seuls. Cinq ou six Syriens étaient postés sur le quai, ainsi que d'autres petits groupes d'Africains, dont le nôtre.

Les voyageurs nous ont très vite identifiés. Ils s'arrangeaient pour ne pas nous regarder, mais on sentait bien qu'on leur faisait peur, et j'ai dit à Djibri et Koudoulé qu'il fallait descendre à Turin. Passer la frontière par voie ferroviaire était trop dangereux, d'autant que sur Telegram, beaucoup de nos frères racontaient que les douanes volantes faisaient descendre les migrants à Bardonnechia – Dieu seul savait ce qui leur arrivait ensuite…

Je ne voulais prendre aucun risque. Me retrouver à nouveau dans un camp de transit m'aurait tué. Je le savais, je n'aurais pas eu la force de le supporter. Je l'ai dit à Djibri et Koudoulé, mais Koudoulé ne partageait pas mon avis. La seule chose qui lui importait était d'en finir avec l'errance. Comme moi, cela faisait deux ans qu'il avait quitté son pays, la Sierra Leone. Il n'en pouvait plus.

Il a demandé à Djibri de choisir entre lui et moi. Entre le courage et la peur. Djibri n'a pas longtemps hésité, Koudoulé était une mère pour lui, ils s'étaient rencontrés dans une prison lybienne et ne s'étaient plus lâchés depuis. Je n'ai pas bataillé. Cela ne servait à rien. Je leur ai simplement souhaité bonne chance et je suis descendu du train sans me retourner.

C'est une des grandes leçons que j'ai apprises sur la route de l'exil, ne jamais se retourner.

À Turin, j'ai passé une autre nuit dans la rue. Des Turcs ont essayé de me voler mon portable et mon argent. Par chance, une voiture de police passait par là, ils ont eu peur, ils ont détalé.

Le lendemain, à l'aube, j'ai cherché le bus qui allait en France. Il était facile à trouver, des exilés comme moi faisaient déjà la queue pour monter dedans... J'ai réussi à acheter une place et je suis descendu à Clavière, le dernier petit village avant la frontière. C'est là que je suis maintenant. Le chemin qui me restait jusqu'en France, je devais le faire à pied.

Je tenais l'information de plusieurs Guinéens qui étaient passés avant moi. Sur Telegram, ils disaient que malgré les accords de Schengen et la libre circulation des personnes en Europe, un poste-frontière avait été rétabli à Montgenèvre depuis les attentats de 2015. Des douaniers y contrôlaient l'entrée et la sortie de tous les véhicules. Pour nous faciliter la tâche, ces Guinéens avaient envoyé les repères GPS du chemin à emprunter, je n'avais qu'à suivre l'itinéraire : cinq ou six heures de marche et je ne devais partir qu'à la nuit tombée. De jour, c'était suicidaire. On m'aurait repéré et envoyé je ne sais où. J'ai donc erré dans cette petite ville jusqu'au soir.

Clavière est une station de sports d'hiver qui se transforme l'été en gigantesque terrain de loisirs. On était encore en été, et, ce jour-là, beaucoup de gens faisaient du golf, de la marche, du vélo. Avec d'autres migrants, assis sur un banc, on les regardait faire, et j'ai eu l'impression qu'on était des fantômes qu'ils ne voyaient pas. On aurait dit qu'on vivait dans le même espace, mais dans deux dimensions différentes.

Eux, par exemple, pouvaient passer de l'Italie à la France simplement en poussant leur balle de golf. Le parcours était à cheval sur les deux pays, si bien que d'un trou à l'autre, les joueurs franchissaient la frontière, tandis que nous autres devions nous fondre dans la nuit et le silence de la montagne pour espérer atteindre la France. Ce qui nous différenciait ? Notre couleur de peau. Rien d'autre. Je pensais en souriant à Koudoulé. Je suis sûr qu'il aurait proposé de se déguiser en golfeur. *Ben quoi ?* nous aurait-il dit de son air malicieux. *Un Noir a bien le droit de golfer, non ?!* Mais même avec une canne et un sac chipé à l'entrée d'une boutique, je doute que la police ne l'aurait pas démasqué. La police française était partout après la frontière.

À l'heure du déjeuner, je suis allé m'acheter un sandwich dans une boulangerie. Je n'avais pas faim, l'angoisse me cisaillait le ventre, mais il me fallait de l'énergie pour la nuit à venir et je me suis forcé à manger. J'étais assis sous un auvent d'immeuble, à l'abri des regards, quand une jeune femme est venue vers moi. Elle m'a demandé en italien comment j'allais, et si j'avais besoin de quelque chose. J'ai tout de suite compris qu'il s'agissait d'une bénévole. Elle avait dans le regard et dans la voix la douceur des gens qui s'occupaient de nous à Lampedusa. Elle s'appelait Veronica et elle travaillait *Chez Jésus*, l'association d'aide aux réfugiés qui se trouve sous l'église de Clavière. Elle a proposé de m'y emmener. Je n'avais pas pris de douche depuis trois jours, il fallait que je me lave et que je dorme un peu avant la grande traversée, alors j'ai accepté.

C'était il y a près d'un mois, maintenant.

Oui, un mois déjà, et figure-toi que je suis là, à espérer toujours entrer en France... J'ai honte. Mon Dieu comme j'ai honte !

Joko

Briançon, le 3 septembre

Ma Rosalie chérie,

Je suis trop contente d'avoir discuté avec toi ce soir en visio ! Et merci de m'avoir fait tellement rire avec tes imitations de profs, tu m'as bien remonté le moral.

Pour ma part, je t'ai raconté l'essentiel, la gueule du bahut et des gens de ma classe – *seconde 5,* comme toi, c'est quand même dingue, non ? Ça veut dire que malgré la distance, nous restons liées.

Mais il y a une chose que j'ai omise à cause de maman et Nino qui étaient dans la pièce : l'espèce de bombe avec qui je me suis retrouvée coincée pendant vingt minutes au rayon papeterie du Leclerc. Une bombe, je te dis !

Et encore, avec le masque, j'avais vu que ses yeux au départ ! En caisse, au moment de payer, il l'a enlevé une minute, j'ai cru que j'allais tomber à la renverse, Timothée Chalamet genre, et surtout, j'ai réussi à voir son nom sur son carnet de correspondance : il s'appelle Julien Gassot et il est en première dans le même lycée que moi. Tu le croiras ou non, il est reparti dans une voiture avec gyrophare. Oui, madame, comme dans les films ! Son père doit être flic. Ou juge. Et le truc encore plus fou, c'est qu'il m'a regardée et fait un petit signe de la main, j'avais envie de me pincer pour être sûre que je ne rêvais pas.

Franchement, ce type est la seule chose qui me donne envie de me lever demain matin et de retourner en cours. Pour le reste, vous me manquez tous tellement… Sans compter que je ne suis pas sûre d'avoir fait les bons choix de spécialités. *Art* et *biologie-écologie,* ça va encore, mais *mathématiques*, je déteste. Et la prof qu'on a ne va pas m'aider à changer d'avis… Tu verrais sa tête de grenouille, c'est une vraie épreuve, le matin au réveil. Je voudrais changer de spécialité, tu crois qu'on peut, même aussi tard ? J'ai choisi mathématiques pour faire plaisir à mon père qui pense encore que je vais faire une école de commerce comme lui plutôt que du dessin comme maman, mais sincèrement, y a aucune chance.

Faudrait que je trouve le courage de lui dire. Et peut-être aussi celui d'arrêter de lui mentir. À chaque coup de fil, c'est l'interrogatoire. Il veut savoir ce que fait maman, avec qui, où elle va. Il est convaincu que ce retour à Briançon et à ses racines n'est qu'une lubie qui finira par lui passer. Il me demande mon avis, et je sais bien que c'est lâche de ma part, mais je n'ai pas le cran de lui conseiller de passer à autre chose. Je n'évoque jamais David, par exemple. Nino lui en a parlé, cet idiot, mais il le croit juste un ami d'adolescence de maman. Il ne sait pas qu'ils ont eu une histoire ensemble, l'année de leur terminale. Moi-même, je ne l'ai appris qu'au début de l'été, avant que maman nous le présente. *C'est mon premier amour*, nous a-t-elle dit. Je dois avouer que ça nous a fait un peu bizarre, à Nino et moi, parce qu'on n'a pas pu s'empêcher d'imaginer qu'elle aurait pu faire sa vie avec lui, plutôt qu'avec papa, et alors on ne serait jamais nés. Il aurait peut-être suffi que David renonce à son trek au Népal, qui était son rêve d'enfant…

David est un fou de montagne. Il a gravi les sommets du monde entier. Quand il a eu dix-huit ans, il a voyagé toute une année pour ne faire que ça, grimper, tandis que maman déménageait à Toulon pour poursuivre ses études d'arts. Le week-end, elle travaillait dans un hôtel à Saint-Tropez pour se faire un peu de sous, et c'est comme ça qu'elle a rencontré papa. Tu te rends compte que je l'ignorais et qu'il a fallu qu'on s'exile pour que maman me le raconte ?

La suite de l'histoire, je la tiens de ma grand-mère. Selon elle, papa est tombé raide dingue de sa fille, il avait douze ans de plus qu'elle, et il ne l'a pas lâchée. Est-ce vrai ? Comment savoir ? Ce qui est probable, c'est que, loin des yeux de David, maman a dû aussi se sentir loin de son cœur, et vu l'amour qu'elle lui porte encore aujourd'hui, elle a dû être sacrément triste. Et mon père est arrivé avec son charme, sa gentillesse, sa générosité… Un an après j'étais là et ils se sont mariés. Est-ce qu'ils seraient passés devant le maire si maman n'était pas tombée enceinte ?…

Ce soir, on a dîné tous les trois, Nino, maman et moi, et puis David nous a rejoints. Maintenant, je les entends qui montent l'escalier. Je m'en fous que David dorme ici, je l'aime bien, mais parfois, j'ai quand même un peu l'impression de trahir mon père… Ce serait tellement plus simple si maman s'était mise en couple avec un sale type – j'aurais pu le détester en paix ! Tu sais ce qu'a fait David, le dimanche avant la rentrée ? Il m'a emmenée chez lui et on a récupéré un grand lit qu'il gardait dans sa cave. Il savait que je rêvais d'un lit en 160, maman avait dû le lui dire, alors pour me faire plaisir, au lieu d'aller randonner, il a demandé à un copain de l'aider et ils ont apporté le lit chez nous. Tu ne trouves pas ça sympa, le seul jour de la semaine où il ne travaille pas ? C'est dur à dire, mais mon père ne l'aurait pas fait. Il aurait commandé ça sur Amazon et zou ! Mon père, quoi.

Avec David, on en a profité pour aller acheter des gâteaux en Italie. Tu sais que la frontière est à deux pas de chez nous, à peine dix kilomètres ?

Je n'en avais pas conscience quand je venais en vacances, parce qu'on skiait sur l'autre versant, côté Serre Chevalier, mais si tu montes tout droit au-dessus de Briançon, tu arrives à Montgenèvre où David habite – enfin, *habitait* avant qu'on emménage ici, car j'ai bien l'impression qu'il sera tous les soirs chez nous ! – et juste après Montgenèvre, tu as Clavière, la première ville italienne. *Un seul et même domaine skiable l'hiver*, m'a dit David. Cela veut dire que tu montes une piste, tu es en Italie, tu la redescends, tu es en France. N'est-ce pas incroyable ?! Pour l'instant, c'est encore un parcours de golf. J'ai hâte d'être en hiver pour aller skier, seul intérêt de vivre dans ce coin.

Avec David, on a acheté un *panettone* pour le petit déjeuner et des pâtes qu'on ne trouve pas en France, énormes, trop bonnes. J'ai adoré ce petit village. Ça se prononce *Clavièèèré.*

Je t'emmènerai quand tu viendras me voir. Seul petit bémol sur la route : la présence des gendarmes. Il y en a PARTOUT ! C'est un peu oppressant. David m'a expliqué que c'est à cause des migrants. Il paraît qu'il en passe clandestinement une quarantaine par jour. Au poste-frontière, les gendarmes nous ont fait baisser notre vitre et demandé où on allait. *Acheter des gâteaux !* a répondu David. Ils ont rigolé, et en plaisantant, nous ont priés de leur en rapporter.

Bref, voilà mon nouveau quotidien, ma Rosalou chérie. Je prends mes marques doucement, j'essaie de ne pas trop penser à toi, aux copains, à Marseille, je me dis qu'une histoire avec Julien Gassot, ce serait bien sympa, et j'attends la Toussaint avec impatience. Je vois ce Julien tous les soirs à l'arrêt de bus, ça crée des liens… On en est à se dire bonjour/au revoir et à se demander comment les cours se passent, c'est déjà un bon début, non ? Je t'entends d'ici me dire *Waouh !* en te foutant de moi, morte de rire. Ça me fait plaisir, c'est cadeau ! Bon allez, je me lève à 7 heures demain, il faut que je dorme.

Je t'embrasse fort,

Lili

Clavière, le 25 septembre

Mon cher fils,

L'infirmière est revenue une dernière fois ce matin, et elle était très contente : la plaie que j'avais au visage a complètement cicatrisé, je n'en garderai qu'une petite trace – histoire de me souvenir de la frontière franco-italienne, un véritable enfer. Car oui, j'ai tenté trois fois de la franchir à pied, et trois fois j'ai échoué.

La première fois, ce sont des policiers français, en ronde, qui m'ont cueilli sur les hauteurs de Montgenèvre.

Le jour commençait à poindre, je marchais depuis minuit, je n'avais plus la moindre force dans les jambes et je me suis laissé faire sans dire un mot. Ils m'ont mis dans leur voiture puis redéposé à Clavière, chez les Italiens.

Ce que j'avais mis sept heures à faire, ils l'ont annulé en cinq minutes. *Cinq minutes !* J'étais furieux.

Je suis retourné *Chez Jésus*, j'ai pris une douche et un repas, et dès la nuit tombée, je me suis remis en marche. Veronica ne voulait pas me laisser repartir. Elle disait que c'était de la folie, qu'avec la fatigue accumulée j'allais mettre ma vie en danger et que je n'avais pas fait tout ce parcours depuis la Guinée pour mourir maintenant, dans une crevasse à trois kilomètres de la frontière française. Elle avait raison, mais je ne voulais rien entendre. Je savais trop que si la peur éprouvée cette nuit-là, seul dans cette montagne si hostile, prenait le dessus sur ma détermination, tout était fichu – je ne traverserais plus.

La deuxième fois, ce sont des hommes entièrement vêtus de bleu, portant des torches frontales et des drapeaux français accrochés à leur sac à dos, qui me sont tombés dessus. Mais je n'étais plus seul.

À mi-parcours, j'avais rencontré un couple de Guinéens avec leurs deux jeunes enfants, quatre et six ans, qui s'étaient perdus. Ils marchaient déjà depuis quatre heures avec chacun un enfant sur le dos, la mère en pleurait de fatigue. Je leur ai proposé de faire une pause.

On s'est assis contre une pierre, à l'abri du vent qui s'était levé, et je leur ai donné un peu du thé que Veronica m'avait préparé dans un Thermos. Comme c'était bon de sentir ce liquide chaud descendre en nous ! Comme c'était réconfortant ! Les enfants s'étaient réveillés, mais ils ne disaient rien. Leurs lèvres tremblaient doucement, et leurs grands yeux brillaient dans la nuit. Je ne savais pas ce qu'ils comprenaient de ce voyage irréel, sinon qu'ils devaient se faire les plus légers possible, et c'était exactement ce qu'ils étaient, *deux petites plumes.* Des bruits étranges occupaient le silence. Il fallait s'en accommoder.

Puis un loup s'est mis à hurler quelque part – un loup, un coyote, ou simplement le fruit de notre imagination ? Personne ne pouvait le dire, mais les battements de nos cœurs à tous se sont emballés, et nous avons décidé de lever le camp en dépit de la blessure que j'avais au talon droit. Veronica m'avait donné des baskets neuves, c'était gentil de sa part, les semelles étaient bonnes, mais le frottement du cuir contre ma peau avait fini par me faire saigner. Il ne nous restait plus que deux heures de marche. J'ai fait de ma chaussure droite une sorte de mule. Ça n'était pas l'idéal, mais au moins plus rien ne venait frotter contre ma chair à vif, il fallait simplement que je fasse attention à ne pas me tordre la cheville, elle n'était plus tenue par rien.

Guidé par le GPS de mon téléphone, j'ai pris la tête de notre expédition. La nuit était claire, et j'avais hâte de voir au loin scintiller les premières lumières de la ville. Cela m'a rappelé ma traversée en zodiak entre la Lybie et l'Italie. Sur ce pneumatique plein à craquer, je fixais l'horizon en priant de toutes mes forces pour que les côtes apparaissent : quelques points lumineux à l'horizon et nous nous savions sauvés. En Méditerranée comme en montagne, ou même dans la vie de manière générale, c'était donc toujours la même chose : l'espoir d'une lumière au bout du chemin permettait de tenir…

Dans cette nuit d'encre entre la France et l'Italie, à près de deux mille mètres d'altitude, j'essayais d'en apercevoir une, quand celle d'une torche m'a aveuglé. Par instinct, je me suis mis à courir. J'ai entendu des cris et senti une main s'abattre sur moi, me plaquer au sol. Un homme a crié : *Mais qu'est-ce tu fais, là ?! Où tu crois que tu vas aller ?!* J'ai reçu plusieurs coups de pied dans les flancs, un sur la tête. Les enfants du couple de Guinéens hurlaient, mais ces hommes n'avaient aucune pitié, ils continuaient. Ils étaient sept ou huit, et ils devaient avoir vingt ou vingt-cinq ans, des forces de la nature. C'étaient des garçons qui appartenaient au mouvement d'extrême-droite *Identité*, ce que j'ai appris plus tard en racontant notre cauchemar à Veronica. Hostiles à l'immigration et à l'Islam, ils organisent régulièrement des chasses à l'homme pour empêcher qu'on entre en France. Ils nous ont fait marcher près d'une heure, puis obligés à monter dans une camionnette, et ils nous ont redéposés loin après la frontière. Bien plus loin que Clavière, à la gare d'Oulx où les douanes françaises contrôlent tout le monde.

Après cet épisode, j'ai décidé de changer de plan. Je ne pouvais pas emprunter une troisième fois le même chemin. Il était trop connu, trop dangereux. Je suis donc retourné *Chez Jésus* et, pendant plusieurs jours, j'ai passé un temps infini sur les réseaux à discuter avec d'autres exilés pour m'informer sur les différents points de passage au col de l'Échelle. J'ai rapidement trouvé un autre itinéraire. Peu l'avaient emprunté car il était escarpé et réclamait une condition physique de grimpeur professionnel, mais tous ceux qui s'y étaient engagés et qui n'y avaient pas laissé leur vie étaient arrivés à bon port. Selon ce que j'avais pu lire, trois y étaient morts, deux avaient été sauvés *in extremis*. Leurs pieds avaient cependant gelé et il avait fallu les amputer. C'était arrivé l'hiver précédent. Par chance, nous étions encore en été. Je voulais partir avant la fin du mois de septembre. Je me disais que les nuits seraient encore supportables et qu'il n'y aurait pas de neige.

Je suis parti dans la nuit du 11 au 12 septembre.

J'étais accompagné de deux frères guinéens, mineurs comme moi mais un peu plus âgés, seize et dix-sept ans, et qui avaient eux aussi tenté à deux reprises de passer par le col de l'Échelle pour rejoindre la France. À minuit, nous avons traversé le parcours de golf en courant, puis nous nous sommes enfoncés dans la forêt avant de monter en ligne droite, jusqu'au sommet. Nous avions un bon rythme et un moral d'acier, rien n'aurait pu nous arrêter.

Au bout d'une heure et demie, juste avant les passages compliqués, nous avons marqué une pause pour boire de l'eau et manger un peu. Les deux frères ont évoqué leur mère. Ils m'ont dit qu'à chaque épreuve, c'était elle qui leur donnait de la force. Nous sommes restés là une dizaine de minutes à peine, puis le frère le plus âgé a repris la tête de notre expédition. Le chemin était étroit, on ne voyait rien. Je me souviens d'avoir glissé sur une pierre, de m'être raccroché à une branche. Après, c'est le trou noir. J'imagine que je me suis retrouvé au fond d'une crevasse, inconscient, avant d'avoir eu le temps de comprendre ce qui m'arrivait.

Quand je me suis réveillé, il faisait jour et des montagnards s'affairaient autour de moi.

Les deux frères avaient rebroussé chemin pour aller chercher du secours *Chez Jésus.*

Si je suis encore en vie, c'est à ces inconnus que je le dois. Ces bénévoles m'ont conduit à l'hôpital, en Italie, et j'en suis ressorti avec une attelle au pied droit. Une simple entorse et des ecchymoses partout.

Je suis un miraculé.

Tu entends, mon fils qui n'est pas encore né ?

Un miraculé !

Cela veut dire que Dieu est avec moi. Dieu est grand, mon fils, et je sais maintenant qu'il m'accompagnera partout où j'irai, jusqu'au bout. Il me faut juste être un peu patient, et attendre que cette fichue entorse guérisse. Dès que ce sera le cas, je me remettrai en route, direction la France. Direction Briançon. C'est mon seul but, car la France est le pays où « les hommes vivent libres et égaux en droit », c'est ma mère qui me l'a dit. Et rien ne pourra me dissuader de donner raison à ma mère.

Jokojayé

Briançon, le 1er Octobre

Ma Rosalie,

Il nous est arrivé une chose FOLLE. J'aurais voulu t'en parler au téléphone, mais pour des raisons de sécurité, David m'a demandé de ne surtout rien dire à personne, et même si tu es à Marseille et que je sais bien que tu garderas le secret, *personne, c'est personne.*

Je prends la liberté de m'en ouvrir ici uniquement parce que je sais que lorsque je te donnerai ce journal à lire, aux vacances de Noël, il n'y aura plus de risque. Je te raconte donc : hier dimanche, David a proposé de nous emmener faire une randonnée du côté de sa bergerie, un mazot minuscule perdu au milieu de nulle part avec une vue magnifique. C'est son grand-père berger qui l'a bâti de ses propres mains. David aime aller y pique-niquer et, parfois, y passer une nuit ou deux. Il nous a d'abord fait monter jusqu'au lac du Serpent, à près de trois mille mètres, où nous avons fait des concours de ricochets, et puis dans l'après-midi, nous sommes redescendus nous poser au mazot.

C'était une journée vraiment géniale. Nous avons beaucoup marché et beaucoup ri. Ça faisait longtemps que je n'avais pas vu maman comme ça. Pas seulement heureuse mais légère, au point que pour la première fois depuis notre arrivée, j'ai eu le sentiment qu'on commençait à être un peu chez nous. C'était un dimanche normal. *Un dimanche en famille*.

En fin de journée, quand on est redescendus dans la vallée, Nino et moi étions tellement cuits qu'en deux secondes on s'est endormis à l'arrière de la voiture, comme des bébés repus de soleil et d'oxygène, et puis soudain, un coup de frein accompagné des cris de David et maman nous ont tirés du sommeil.

— Je l'ai pas vu, a murmuré David en panique. Je sais pas ce qui s'est passé, je l'ai pas vu…

Maman se tenait le visage entre les mains, elle ne pouvait pas dire un mot. David est sorti de la voiture. On était à l'entrée d'un hameau qui ressemblait à un village fantôme, du nom de La Vachette. Les maisons avaient toutes les volets clos, le silence était de plomb. Nino s'est redressé et a demandé à maman si on avait eu un accident.

— Tout va bien, mon ange, rendors-toi, lui a-t-elle dit.

Il était cuit, il a refermé ses paupières et maman est sortie du véhicule. À cet instant, on a entendu un chien aboyer au loin, puis une voix qui portait, comme projetée par un haut-parleur. Je n'ai pas compris ce que cette voix disait, mais j'ai vu David qui s'était baissé à l'avant du capot réapparaître avec un jeune garçon, un Noir. Ils se sont dirigés vers le coffre. Est-ce qu'on l'avait percuté ? Est-ce qu'il était blessé ? Je n'en savais rien. David a levé le hayon et lui a ordonné de monter.

Sur le moment, je n'ai pas compris pourquoi on le mettait dans le coffre, on aurait pu se pousser à l'arrière, il y avait de la place... Le garçon a grimpé, et avant que David ne le fasse disparaître sous une couverture, nos regards se sont croisés. Ça n'a duré qu'une seconde à peine et je ne peux pas te dire ce qu'il y avait dans ses yeux, Rosalie, trop de choses que je n'avais jamais vues, mais toute ma vie, je me souviendrai de la force de cet échange. J'ai compris à cet instant qu'on lui sauvait la vie. Et la tête d'un homme qu'on sauve, ça ne s'oublie pas. C'est gravé en moi pour toujours.

Les aboiements se sont rapprochés. J'ai entendu maman appeler David comme on appelle à l'aide, alors j'ai regardé dans sa direction et j'ai découvert deux gendarmes accompagnés d'un berger qui venaient d'un petit chemin de terre. Ils marchaient droit sur nous. Ils se sont postés devant le capot, à deux ou trois mètres de maman, et ils lui ont demandé ce que nous faisions là, arrêtés à l'entrée du village. Je savais que son cœur battait à tout rompre, comme le mien, et qu'elle n'était pas en mesure de leur répondre. David est remonté vers l'avant de la voiture et, avec un aplomb désarmant, il a répondu :

— Bonjour messieurs, on revient de randonnée, les enfants de ma compagne dorment à l'arrière. Je pensais qu'on avait crevé mais en fait non, tout va bien.

Ma mère était blême.

Le gendarme qui parlait l'a regardée, puis à David, il a dit :

— On cherche un migrant qui s'est enfui. Vous n'avez rien vu ?

— Un migrant… a répété David. Non… on n'a vu personne.

Le gendarme a encore regardé maman.

Il n'avait pas cru David. Ça se voyait. J'en étais convaincue. Il allait se diriger vers le coffre, l'ouvrir, trouver le garçon, et tous nous embarquer. Le pare-brise faisait office d'écran, j'attendais juste la suite du film, le cœur dans les talons, mais contre toute attente, ce n'est pas ce qui s'est passé. Le gendarme a simplement fait signe à son co-équipier qui tenait le chien en laisse de venir jeter un coup d'œil de notre côté, à l'arrière, si bien que j'ai vite posé ma tête contre la vitre et fermé les yeux pour confirmer ce que David avait dit un instant plus tôt nous concernant. L'homme a longé ma portière, j'ai senti son ombre me passer dessus. A-t-il ensuite regardé la couverture sous laquelle se trouvait le migrant qu'ils cherchaient ? Ça, je n'en sais rien, mais plusieurs secondes se sont écoulées qui m'ont paru sans fin, puis David et maman sont remontés dans la voiture. Le gendarme avait dû leur dire qu'ils pouvaient y aller.

On est ressortis du village de La Vachette dans le silence total. Personne ne pouvait dire un mot, comme si la peur s'était déclenchée à retardement, nous paralysant à la seule idée de ce qui aurait pu se passer. Une fois à la maison, David a sorti Nino de la voiture et l'a porté dans son lit. Il dormait toujours. Maman et moi avons ouvert le coffre pour libérer le garçon. La couverture ne bougeait pas. Nous allions la retirer quand David est revenu et s'en est chargé.

— On est arrivés, mon garçon, a-t-il dit doucement. Tu peux sortir. Tu es en sécurité, ici.

Ce n'était pas tout à fait vrai, sinon pourquoi David était-il à ce point aux aguets, scannant les maisons voisines pour s'assurer que personne ne se trouvait à sa fenêtre ? Pensait-il que quelqu'un aurait pu nous dénoncer ? Avec son aide, le garçon s'est déplié lentement puis s'est extirpé de la voiture. C'est là que j'ai vu le sang. En tombant pour nous éviter, il s'était éraflé la paume. Il grelottait.

Une fois chez nous, à l'abri, David a commencé par lui faire boire deux grands verres d'eau – il nous a expliqué plus tard que c'était pour le réhydrater – puis il lui a proposé de prendre une douche chaude afin de se réchauffer. Ses vêtements étaient trempés. Maman les a mis dans la machine et m'a chargée de trouver dans mes affaires quelque chose qui pourrait lui aller. J'ai donné mon jogging gris. C'était ce qu'il y avait de plus confortable, et qui ne faisait pas trop « fille », mais je ne l'ai pas vu porté, car crois-le ou non, j'ai dû ensuite aller me coucher.

Maman ne voulait pas que je reste au salon avec eux, comme si je n'avais pas l'âge d'entendre ce que le garçon avait à dire. N'importe quoi ! Ça m'a rendue furieuse. Il a exactement mon âge, peut-être un peu moins, que pouvait-il dire que je n'étais pas en capacité de comprendre ? Ma mère et moi, on a commencé à se disputer sur le palier de ma chambre, puis David est arrivé et m'a dit que ce n'était pas pour moi qu'ils me demandaient ça, mais pour le garçon, pour ne pas le gêner. Qu'est-ce que tu voulais que je réponde à cela ?

Lorsque je me suis réveillée, le lendemain matin, il n'était plus là. J'ai appris par maman qu'il s'appelait Jokojayé et qu'il avait quinze ans, comme moi. Il était originaire de Guinée-Conakry, c'était la quatrième fois qu'il traversait la frontière à pied. David l'avait levé à l'aube et conduit en ville, dans les locaux d'une association d'aide aux réfugiés. Là-bas, des gens allaient lui expliquer comment obtenir des papiers et rester en France, il ne fallait pas que je m'inquiète.

Rosalie, j'ai pensé à ce garçon toute la journée…

Je sais bien que je ne peux rien faire pour lui et que maman a raison, il est entre les meilleures mains possibles, mais c'est ce regard qu'il avait et face auquel je continue de me sentir si impuissante, si inutile… Tout me paraît dérisoire, désormais, comparé à ce que ce garçon a pu traverser. Comment faire encore des maths, du français, de la musique en sachant que des gens de notre âge ont une vie pareille ? Tu te rends compte de ce que cela signifie, franchir seul et à pied la frontière en passant par le col de l'Échelle ? De nuit, avec le froid qu'il fait en haute montagne ? Quand je pense que je me plaignais, en arrivant ici, de la maison que nous habitons… J'ai honte.

Au lycée, il y a un Noir dans notre classe qui ne parle pas très bien le français. Il s'appelle Madani. Le premier jour, la principale nous a présentés comme les « deux nouveaux », et de lui, elle a dit qu'il était un primo-arrivant. Je n'avais encore jamais entendu ce terme. Cela veut dire qu'il vient juste d'arriver en France. Il est originaire du Mali, et je suis sûre qu'il a franchi la frontière à pied, lui aussi, depuis Clavière en Italie. Quand je le connaîtrai un peu mieux, je lui demanderai.

Ce que je sais pour l'instant, c'est que, depuis 2017, une quarantaine de réfugiés arrivent chaque jour à Briançon. Je l'ai appris par David le jour où nous sommes allés acheter des gâteaux en Italie, et cela m'a été confirmé par Vanessa, une fille du bahut qui distribuait des tracts pour une marche solidaire, ce soir, à la sortie des cours.

J'ai un peu parlé avec elle, et elle m'a dit que le Refuge Solidaire qui avait été ouvert en face de la gare ne suffisait plus pour accueillir les exilés. À ce que j'ai compris, c'est en 2017 que la mairie a mis à disposition des associations l'ancien local des CRS, inoccupé depuis plusieurs années. Avant cela, les réfugiés plantaient les tentes qu'on leur donnait en face de la gare. Ils dormaient dans la rue, même en plein hiver. La fille m'a dit que le Refuge était un lieu indispensable compte tenu de la situation, mais insuffisant, car trop petit. Il ne compte que quatre chambres et deux douches, or chaque nuit, près de cent soixante migrants dorment sur place, entassés dans le garage et les couloirs. Je suis sûre que c'est là-bas que David a déposé Jokojayé. J'irai voir demain, après les cours. Je voudrais au moins dire quelque chose à ce garçon, *je suis là, je suis désolée…*

Quand je pense qu'il aurait pu mourir sous nos roues… C'est vraiment affreux.

Et dans tout ça, bien sûr, j'ai oublié de te parler de Julien. Figure-toi que je suis allée chez lui ! La veille de notre rando au lac du Serpent, David nous a dit : *Je vous emmène dîner chez Vincent, mon meilleur copain, tu verras, Lili, il a un fils de ton âge très sympa,* et quand on est arrivés, le gars qui nous a ouvert la porte était… Julien ! L'histoire est dingue ou pas ? Le monde est vraiment tout petit… Mais dans une ville de six mille habitants, c'est toujours moins surprenant qu'à Marseille. Ici, tout le monde se connaît, au moins de vue. Je connais donc *vraiment* Julien, maintenant, mais je t'avoue que depuis ce qui nous est arrivé avec Jokojayé, je m'en fiche un peu.

C'est comme si ma vie, mes problèmes et mes préoccupations me semblaient totalement indécents. Je voudrais dire à Jokojayé que j'ai été choquée de voir que des gendarmes le pourchassaient alors qu'il n'était un danger pour personne. J'ai été choquée que pour lui porter secours on ait dû le mettre dans un coffre. Oui, j'ai été choquée qu'un adolescent ait à vivre ça, dans notre pays. Le soi-disant « pays des Droits de l'Homme ».

Maman m'appelle pour dîner, je dois poser mon stylo. Je t'écrirai demain après être passée au Refuge Solidaire.

Je t'embrasse,

Lili

P.S. : j'avais raison pour le gyrophare de la voiture. Vincent, le père de Julien, il est commissaire.

Briançon, le 2 octobre

Mon futur fils,

Allah est grand ! Ça y est, je suis passé ! Je suis en France ! Regarde le papier qui gondole, ce sont les larmes de joie qui coulent de mes yeux tandis que je t'écris. Oh oui, quelle joie d'être ici ! Quelle émotion ! Je pense aujourd'hui à toutes ces heures où, depuis mon départ de Guinée, ce pays aura été un phare dans la nuit. Il m'aura guidé, donné espoir, empêché d'abandonner. Et maintenant, je suis là et je vais enfin pouvoir commencer ma vie. *Ma vraie vie d'homme,* je n'en reviens pas…

Cet avenir, je le dois en partie à une famille qui aurait pu me livrer à la police plutôt que de m'en protéger, et cela, je ne l'oublierai jamais. Il faut que je te raconte, c'était comme dans un film !

J'avais passé la nuit à marcher depuis Clavière, il me restait très peu de kilomètres jusqu'à Briançon, je progressais dans la rocaille, le long d'un torrent repéré comme la Durance sur mon GPS, au niveau d'un hameau nommé La Vachette, lorsque j'ai entendu une voix amplifiée par un mégaphone m'ordonner de m'arrêter. Il y avait aussi un chien qui aboyait, fort. Il n'était pas question qu'on me ramène une quatrième fois en Italie, j'étais trop près du but.

J'ai donc ramassé mes dernières forces et détalé aussi vite que j'ai pu. Il y avait un petit pont, en mauvais état, pour passer sur l'autre rive. Je ne sais pas nager, l'eau me terrifie. Or, il suffisait qu'une planche cède pour que je me retrouve emporté par le courant. J'ai retenu ma respiration, fermé les yeux et foncé dessus, puis j'ai emprunté un petit chemin de terre qui avait l'air de mener au village. La voix me poursuivait toujours (*Police, arrêtez-vous ! Arrêtez-vous !*) mais en réalité, ce chemin débouchait sur la départementale et quand je m'y suis retrouvé, je n'ai pas vu le 4 × 4 qui arrivait sur ma droite, et *boum !* Par chance, le conducteur ne roulait pas vite, il a pu freiner à temps, mais je me suis tout de même retrouvé à terre, les paumes pleines de gravier. Un homme est sorti du véhicule. Il s'est accroupi à ma hauteur. Il était aussi paniqué que moi. Il m'a demandé si ça allait, si je comprenais le français. Sa voix tremblait, la mienne était coincée à l'intérieur. J'ai juste pu acquiescer. On a alors entendu les chiens aboyer, ils se rapprochaient. L'homme m'a scruté et j'ai eu la sensation qu'il plongeait en moi tant son regard était profond puis, comme s'il avait reçu une décharge, il m'a pris par le bras et conduit jusqu'à son coffre, où il m'a demandé d'entrer. Juste avant l'obscurité, j'ai croisé un dernier regard – celui d'une jeune fille, blonde, assise sur la banquette arrière. Elle avait à peu près mon âge.

Quand la voiture a démarré, j'ai eu plus peur encore. J'ignorais tout de ces gens, j'étais à leur merci, et je n'avais aucune idée de l'endroit où ils m'emmenaient. Comment ne pas penser alors à cette journée de cauchemar, en Libye, quand mon frère Ismaël et moi avons été kidnappés ? Dans ce coffre noir comme une tombe, j'avais la même sensation d'être enterré vivant, une envie de hurler et de tambouriner contre la tôle pour emplir d'air neuf ma poitrine comprimée.

En réalité, ces gens étaient de belles âmes. Ils ne me voulaient aucun mal, bien au contraire. Ils m'ont accueilli chez eux et j'ai pu m'y laver, manger et dormir. J'ai dormi dans le canapé de leur salon. Il faisait chaud. C'était bon. Avant d'éteindre, le père de famille m'a posé quelques questions auxquelles j'ai répondu brièvement – il ne faut jamais en dire trop aux étrangers, c'est une des autres leçons que l'exil m'a enseignées. Le lendemain matin, à la première heure, il m'a déposé dans un centre d'accueil pour migrants, semblable à *Chez Jésus*, au centre de Briançon. Cet homme m'a dit son prénom, mais je l'ai oublié. C'est dommage.

Je ne crois pas qu'il connaissait bien cet endroit. Quand nous y sommes arrivés, une bénévole d'un certain âge servait le café à des exilés. Il s'est approché d'elle et en bafouillant presque, il a dit : *Je suis l'ostéo de Catherine qui est bénévole ici ; j'ai trouvé ce garçon, hier sur la route, il venait de traverser la frontière à pied.* La dame s'est aussitôt tournée vers moi et, avec un grand sourire, m'a souhaité la bienvenue tandis que lui filait déjà, comme s'il ne voulait pas qu'on lui pose d'autres questions. Comme s'il craignait d'être inquiété. Mais peut-être que je me trompe…

La bénévole m'a servi un thé chaud avec des gâteaux avant de me demander de la suivre dans son bureau. Il y avait des papiers partout, et les murs étaient tapissés d'informations, de dessins, de photos, d'articles de presse sur le Refuge ainsi que d'une grande carte de France avec des petits drapeaux épinglés sur tout le territoire qui indiquaient les lieux d'accueil pour migrants. C'étaient tous les endroits où je pouvais aller et où je trouverais de l'aide – j'en ai eu la gorge serrée d'émotion.

— Alors, a dit Anne (c'était son nom). Qu'est-ce que je peux faire pour toi ?

— Je veux rester en France. Je veux aller à l'école, et aussi avoir un logement.

— Tu as quel âge ?

— Quinze ans.

— Très bien. On va donc commencer par remplir une fiche « mineur isolé ». Et si tu es reconnu comme tel, alors tu auras droit à tout cela.

C'était le matin très tôt. Le Refuge dormait encore. Anne avait un peu de temps, et peut-être aussi l'envie de discuter avec moi, alors elle m'a raconté d'où venait ce droit réservé aux mineurs, unique en Europe. J'ai tout noté. Pour tout retenir. Consacré par une Ordonnance de 1945 relative à la protection de l'enfance, elle m'a dit qu'il avait été adopté à l'époque dans le but de protéger les orphelins au lendemain de la guerre. Et nous autres exilés en bénéficions aussi, parce que la France regarde notre âge avant de regarder notre nationalité. En fait, aux yeux de la loi, notre statut d'enfant prime sur notre statut d'étranger.

— Et c'est là toute la grandeur de la France, a dit Anne. J'espère que cela ne changera jamais, parce qu'un enfant est un enfant. Quelle que soit sa langue, sa culture, sa couleur ou sa religion. Épelle-moi ton nom et ton prénom, s'il te plaît.

Anne avait dit cela comme elle m'aurait demandé de l'eau ou du pain, sans gravité, et c'était agréable de l'écouter.

J'ai répondu facilement à toutes ses questions, puis elle m'a demandé si j'avais un document qui pouvait prouver mon âge – un acte de naissance, un livret de famille ou même une carte de bibliothèque – et le « non » que j'ai fait de la tête l'a contrariée.

— Bon, bon, bon... a-t-elle dit quand même. Eh bien, ils te poseront des questions et au pire, ils te feront une radio osseuse.

Je ne savais pas qui ce « ils » désignait. Un jeune exilé a passé sa tête par la porte après avoir frappé. Cinq autres attendaient derrière lui. Ils voulaient tous des cartes de téléphone.

— J'ai dit « entrez » ? a demandé Anne.

Silence total.

— Je n'ai pas dit « entrez », alors vous ressortez et vous me laissez terminer. Je n'en ai pas pour longtemps.

Je voulais savoir qui étaient les gens qui allaient me faire des radios, mais Anne était maintenant au téléphone. Le Refuge se réveillait. Partout, on sentait l'agitation monter. À l'étage, le parquet avait commencé à craquer sous les pas, et dans le réfectoire attenant, les voix des exilés se mêlaient au son de l'eau qui frémissait dans les bouilloires. Le temps qu'Anne m'avait accordé allait se terminer. Si je voulais poser ma question, c'était maintenant. J'ai attendu qu'elle raccroche et je me suis lancé :

— Qui va me faire cette radio ?

— Oh, ça ne fait pas mal, a-t-elle dit en riant, ne t'inquiète pas ! C'est un radiologue, bien sûr. Mais tous les mineurs n'y sont pas soumis. C'est le conseil départemental, en charge de la protection de l'enfance, qui décidera. Tu vas aller les voir, à Gap. C'est tout près d'ici, une heure de train à peine. On va te prendre ton billet et tu feras le voyage avec d'autres mineurs. Là-bas, tu verras quelqu'un, dans un bureau, comme moi, qui te demandera de lui raconter ton histoire depuis ton départ de Guinée. Et c'est en fonction de ce récit que cette personne dira si oui ou non, elle considère que tu es mineur. Elle pourra ordonner une radio osseuse si elle a des doutes. Si elle pense que tu es plus proche de dix-huit que de seize ans, par exemple. Mais ça n'arrivera pas avec toi, Jokojayé, parce que ça se voit que tu es très jeune.

Anne avait dit cela avec un sourire d'une grande douceur, et j'ai pensé que si je devais dessiner son visage, j'en aurais fait un coucher de soleil.

Une femme est entrée sans frapper.

C'était une bénévole.

— Salut, Anne. Juste pour te dire que je pars à l'hôpital, il paraît qu'ils ont récupéré une femme sur le point d'accoucher hier soir. Le bébé est né ce matin, mais le père et les autres enfants ont été reconduits en Italie.

Il faut qu'on trouve un hébergement à la mère, elle sort dans trois jours.

— Appelle Bernard et Colette, à Névache. Ils la prendront chez eux.

— OK, merci !

La femme est ressortie, et Anne a dû me demander de quitter son bureau pour laisser la place à d'autres réfugiés. J'ai pensé à cette femme que je ne connaissais pas, qui aurait pu être ma mère, et qui avait emprunté le même chemin que moi depuis Clavière, avec un bébé dans le ventre. Qui pouvait le croire ?

— En fin de matinée, m'a encore dit Anne, j'appellerai tous les mineurs pour vous emmener au commissariat. Il faudra que tu répondes à l'appel, d'accord ? Allez, à tout à l'heure.

La doyenne du Refuge était déjà en train de se lever pour aller ouvrir la porte devant laquelle une vingtaine d'hommes faisaient maintenant la queue, quand j'ai crié :

— Non ! Je ne veux pas aller au commissariat !

Anne s'est alors immobilisée. Elle a planté ses deux mains sur son bureau, penché son buste et son visage vers moi et d'une voix de miel, elle m'a dit tout bas :

— Jokojayé, il faut que tu me fasses confiance. Je suis là pour t'aider, pas pour te jeter dans la gueule du loup. Tu dois aller au commissariat pour qu'ils prennent tes empreintes digitales. C'est obligatoire. Si tu ne le fais pas, ton dossier sera écarté, tu ne seras pas reconnu comme mineur, et tu n'auras droit ni à un hébergement, ni d'aller à l'école. C'est important d'aller à l'école. C'est comme ça que tu apprendras un métier, que tu gagneras ta vie, et que tu seras libre. À tout à l'heure.

Anne ne m'avait pas menti. Avec une vingtaine d'autres mineurs, je suis allé au commissariat et les gendarmes n'ont fait que prendre mes empreintes digitales ! Ils ne m'ont pas arrêté. Ils ne m'ont pas ramené en Italie. C'est à n'y rien comprendre... Hier encore, ils me couraient après dans la nature en me demandant de me rendre comme si j'étais un voyou, et l'homme qui avait failli me renverser avec son 4 × 4 devait me cacher dans son coffre pour que je ne sois pas renvoyé en Italie, ou pire, en centre de rétention, mais aujourd'hui, c'est moi qui vais de mon plein gré dans leur commissariat et ils me laissent en repartir… Pour quelle raison ? Parce que j'étais accompagné d'un bénévole du Refuge ? Parce que j'avais rempli ce bout de papier qu'ils appellent une fiche « mineur isolé » ? Je n'en sais rien, mais les lois de ce pays me paraissent bien curieuses…

Après le commissariat, nous sommes tous retournés au Refuge. C'était bientôt le soir. Le garage-dortoir avait été transformé en cantine. Il y avait de grandes tables à la place des lits, et des bénévoles qui s'activaient derrière des marmites posées sur des réchauds. On a dîné de bonne heure, puis on a rangé toutes les tables et ressorti les lits. Joël, un autre bénévole, médecin à la retraite, m'en a attribué un dans une des chambres, à l'étage. On était peut-être dix-sept ou dix-huit à dormir dans la pièce. Il y avait des lits et des matelas collés les uns aux autres, il fallait marcher dessus pour atteindre le sien. Je pensais que je ne passerais là qu'une seule nuit, que dès le lendemain matin on irait à Gap voir ces gens qui allaient décider si j'étais mineur ou non, et qu'ensuite, je serais dirigé vers un foyer ou une famille d'accueil.

Voilà ce qui s'était passé pour d'autres jeunes exilés, j'avais lu leur témoignage dans nos boucles WhatsApp et Telegram, mais le lendemain un brouillard incroyable est tombé sur la ville, on ne voyait plus les montagnes, et d'autres migrants sont arrivés au Refuge bien mal en point, de sorte que les bénévoles ont dû s'occuper d'eux toute la journée, leur apporter des soins et même, pour certains, les conduire à l'hôpital.

Ça va donc faire trois nuits que je suis ici… Est-ce qu'on bougera un jour ? Je ne sais plus. Je suis épuisé de tant de bruit, de tant de gens de toutes nationalités autour de moi en permanence. Il y a ici des Kurdes, des Afghans, des Turcs, des Syriens, des Érythréens et des Guinéens comme moi. La plupart ont mon âge, mais l'exil a tant vieilli leur regard que, pour certains, il est impossible de dire s'ils sont des hommes ou encore des enfants. Je ne veux pas les regarder. J'ai l'impression que leurs visages sont un miroir.

Le pire, c'est aux douches. L'autre soir, je m'y suis rendu très tard pour ne croiser personne, mais je suis tout de même tombé sur un torse qui portait les mêmes cicatrices que les miennes. J'ai fermé les yeux et je me suis mordu les lèvres au sang pour que la douleur m'éloigne de mes souvenirs. Je ne veux plus me rappeler ce qui s'est passé en Libye. Je ne veux plus voir les silhouettes de ces hommes s'inscrire dans l'encadrement de la porte de notre geôle qu'ils n'ouvraient que pour nous battre. Je ne veux plus entendre leurs voix terrifiantes, ni celle de ma mère au téléphone qui promettait d'envoyer une rançon à ces monstres. Je ne veux qu'une seule chose, avoir un toit, aller à l'école, apprendre un métier et me construire une vie d'homme, pas d'animal. Est-ce qu'un jour, cela m'arrivera ?

Est-ce que cela m'arrivera ?

Je n'ai que quinze ans, et pourtant certains jours, je me sens si vieux que j'ai l'impression d'être à la fin de ma vie. Mauvais pressentiment ou simple baisse de moral dû à la pluie qui tombe sans discontinuer depuis hier ? De toute façon, pourquoi déprimer ? Qu'est-ce que j'aurais fait de plus dehors, sous la pluie ? Mieux vaut être ici. Et mieux vaut faire confiance à Anne. Elle nous a promis qu'on irait à Gap dans deux jours. Je veux la croire. Jusqu'ici, elle ne m'a pas menti. Je t'écrirai bientôt, mon fils qui n'est pas encore né, et je te raconterai la suite de mes aventures. *Mes aventures françaises*. C'est fou d'en avoir encore, moi qui pensais qu'une fois arrivé ici, je serais enfin tranquille... Mais peut-être ne l'est-on jamais ?

Jokojayé

Briançon, le 3 octobre

Ce soir, en rentrant du lycée, un homme en costume cravate nous attendait devant la maison.

— Bonjour, madame, a-t-il dit comme un robot. Éric Bédier, huissier de justice, je suis mandaté pour vous remettre une assignation de la part de votre ex-mari. Vous voulez bien signer ici ?

Maman a obéi, sous le choc, et signé. Le type lui a remis une grosse enveloppe puis il est reparti en nous souhaitant une bonne soirée. *Une bonne soirée,* tu parles… Je n'ai rien dit à Rosalie quand elle m'a appelée juste après. Je ne sais pas pourquoi. Peut-être l'impression qu'avec ses parents fous d'amour comme au premier jour, elle ne comprendrait pas.

Et puis je n'ai pas beaucoup aimé sa réaction l'autre jour, quand je lui ai parlé de Madani, le primo-arrivant de ma classe.

Avec Madani, on a sympathisé à la cantine. Ce garçon m'a raconté son long périple depuis le Mali, sa traversée à pied du col de l'Échelle comme Joko, le garçon qu'on a mis dans notre coffre, et quand j'ai rapporté tout ça à Rosalie, j'ai eu l'impression qu'elle était saoulée. Elle m'a dit que je n'avais plus que ce sujet à la bouche, *les exilés*, et qu'il fallait que j'arrête un peu de me prendre pour mère Teresa.

C'est sûr que la réalité ici n'est pas la même que dans les beaux quartiers de Marseille. Qu'est-ce qu'elle peut voir du monde, depuis sa piscine à débordement ? Rien de chez rien. Et je le dis avec d'autant plus de facilité qu'il y a quelques mois, j'étais moi-même dans cette situation. Mais je n'ai pas voulu le lui dire et rentrer dans cette discussion qui, à coup sûr, se serait mal finie. J'ai juste décidé que je ne lui donnerai pas ce journal. Je vais le continuer pour moi. Pour poser noir sur blanc ce qui m'angoisse et me révolte.

Après le départ de l'huissier, on est rentrés à la maison avec maman. Je la tenais par le bras. J'avais l'impression que si je la lâchais, elle allait s'affaisser sur elle-même comme une poupée de chiffon. Elle s'est assise à la table de la cuisine. Elle m'a demandé un verre d'eau et a décacheté l'enveloppe. Nino et moi, on la regardait lire en silence. Puis on a vu ses yeux devenir troubles, et c'est Nino le premier qui lui a demandé pourquoi elle pleurait.

— Votre père m'attaque en justice, a-t-elle murmuré. Il veut que vous retourniez vivre avec lui, à Marseille. Il réclame la garde exclusive.

— Ça veut dire qu'on va partir de Briançon et qu'on te verra plus ? a demandé Nino.

À cet instant, je ne sais pas pourquoi mais c'est monté tout seul, je me suis mise à pleurer, moi aussi. Quelle cruche.

Ce qui a fait le plus de mal à maman, dans cette histoire, ce sont les témoignages que mon père a produits pour appuyer sa demande auprès du juge. Il a fait écrire des lettres à des gens qu'on connaît à peine, et qui ont dit que ma mère ne savait pas s'occuper de nous, que depuis qu'elle était tombée amoureuse de David, elle avait complètement perdu la tête. L'un d'eux a même écrit qu'elle partait les week-ends avec son nouvel amoureux et nous laissait seuls, ou bien qu'elle autorisait David à nous mettre en danger. Oui, c'est le mot qu'un type a utilisé dans un des courriers, tout ça parce que l'autre dimanche, quand papa est venu nous voir, Nino lui a raconté que David nous avait initiés à l'escalade. Je savais bien que ça le rendrait fou de jalousie. J'avais dit à Nino de se taire, mais incapable de la boucler, celui-là… Bref, voilà où nous en sommes : je vais peut-être rentrer à Marseille. Ou rester là. Je n'en sais rien. Cela dépendra du bon vouloir du juge et de mes parents.

J'en ai ras le bol d'être à la merci des adultes. On dirait qu'ils le font exprès : dès que je commence à me sentir bien quelque part, il faut qu'ils me déplacent. Quand ils se sont séparés, on venait juste de refaire ma chambre, j'étais aux anges, mais un mois plus tard, j'ai dû lui dire bye bye pour aller habiter dans une petite maison de pêcheur avec maman aux Goudes. C'était tellement humide et loin de tout ! Chaque matin, je râlais à cause du trajet interminable pour aller au collège, et quand enfin je m'y suis habituée et que j'ai trouvé ça sympa d'être à deux pas de la mer et de pouvoir me baigner le soir en rentrant des cours, allez *hop !* direction Briançon. Et maintenant que je suis à Briançon, ils me demandent de repartir à Marseille ? *Ces gens sont dingues.* Parfois, j'ai l'impression que je ne suis pas un être humain, pour eux. Je suis juste leur chose, une balle de ping-pong qu'ils s'envoient de toute leur force à la figure, et pour remporter quel match ? On se le demande…

Quand David est rentré de chez son dernier patient, maman lui a tout raconté, elle lui a même fait lire les témoignages, ce qui m'a contrariée parce que je ne veux pas qu'il ait une sale image de mon père. Ce que mon père a fait est nul, on est d'accord, mais si on se place de son point de vue, on peut essayer de le comprendre. Il nous a laissés venir ici uniquement parce qu'il était convaincu que ma mère regretterait Marseille. C'était son pari, comme il fait « tapis » au poker. Et s'il a dit oui, ce n'était que pour une année scolaire. Il ne savait pas que maman avait quelqu'un dans sa vie. Et encore moins qu'ils avaient eu une histoire quand ils étaient adolescents ! C'est ça qu'il n'a pas supporté, je pense, que ma mère lui mente. Ou, en tous cas, qu'elle omette de lui parler de David et de la vraie raison pour laquelle elle voulait emménager ici. Il s'est senti trahi, et ça l'a rendu fou, d'autant que pour lui, leur histoire n'était pas terminée.

David a dit à maman qu'elle allait se défendre, qu'il lui présenterait très vite une « super avocate ». La guerre va donc commencer et Nino et moi en serons fatalement les otages… Merveilleux programme.

Julien, qui a vu ma tête ce matin en arrivant à l'arrêt de bus, et à qui j'ai bien été obligée de dire la vérité, m'a raconté que ça avait été pareil pour lui, quand ses parents ont divorcé. Ils étaient incapables de se parler sans s'insulter, au point qu'il a été placé un an dans un foyer, à l'âge de neuf ans. Comment les choses peuvent-elles aller si loin ? Quand je pense que son père est flic et sa mère avocate... Comme quoi, les études ne prémunissent pas contre la connerie !

Ce qui me tue le plus, c'est de penser à tous ceux que les circonstances ont coupés de leurs enfants. Les parents de Jokojayé, par exemple, eh bien je suis sûre qu'ils ne se comporteraient jamais comme ça s'ils avaient la chance d'être avec leur fils. Je l'ai dit à Julien, et c'est marrant, au début, il a un peu esquivé le sujet. Peut-être parce que son père est commissaire. Si ça se trouve, les gars qui coursaient Joko quand on a failli le renverser étaient sous les ordres de Vincent...

Je n'ai pas osé poser la question, mais à ce moment-là, on a vu Vanessa débarquer, la fille des tracts. Elle était avec d'autres gens du lycée et elle a commencé à nous ambiancer sur les chasses à l'homme organisées la nuit, dans la montagne, pour attraper des migrants. Elle a dit que les flics étaient des sauvages, des fachos de première classe qui ne valaient pas mieux que les nazis. Vanessa, pas le genre à faire dans la dentelle. Julien a serré les dents et les poings, mais n'a rien répondu. Le bus a fini par arriver et Vanessa et sa bande sont montés dedans. J'ai demandé à Julien si ça allait, s'il voulait qu'on marche un peu.

— Oh, tu sais, j'ai l'habitude, m'a-t-il répondu d'un ton désinvolte. C'est toujours comme ça, avec ce genre de personnes. Elles détestent les forces de l'ordre, mais quand elles se retrouvent coincées en haute montagne parce qu'elles ont fait du hors-piste, elles sont les premières à appeler en pleurnichant. Et je peux te dire qu'elles sont bien contentes de trouver des gars comme mon père pour aller les tirer d'affaire.

Comme un besoin urgent de le tester, j'ai raconté à Julien que j'avais trouvé un jeune migrant blessé, pas loin de chez moi, quelques jours plus tôt, et que je l'avais ramené à la maison pour le soigner avant de le déposer au

Refuge Solidaire. Je n'ai pas parlé de l'accident, ni de David, maman et Nino qui étaient dans la voiture, et encore moins des gendarmes qui nous ont interrogés et auxquels nous avons menti. Je ne voulais surtout pas trahir ma promesse de ne rien dire à personne, mais j'avais besoin de savoir dans quel camp se situait Julien. Je lui ai également confié mon désir de retourner au Refuge pour prendre des nouvelles de Jokojayé, et il a dit :

— Je t'accompagne.

J'ai dû avoir l'air surpris, car il a ajouté :

— Tu sais, ce n'est pas parce que je suis fils de flic que je n'ai pas d'empathie pour ce que vivent les migrants.

J'ai souri, soulagée, et puis il est venu poser ses lèvres sur les miennes. Oui, il m'a embrassée, comme ça, à l'arrêt de bus… J'ai eu des fourmis dans tout le corps, mais je ne veux pas m'emballer, je ne sais pas du tout si ça durera. Je sais juste qu'on a décidé d'aller demain au Refuge, après les cours, pour tenter de parler à Jokojayé. J'espère qu'il y sera.

Gap, le 5 octobre

Mon cher fils,

De chaque étape de cette histoire, il y a une leçon à tirer, et celle qui vient doit t'apprendre que le chemin n'est jamais fini, même lorsque tu te crois arrivé quelque part.

En ce qui me concerne, la frontière française n'était pas la fin de mon voyage. Beaucoup d'événements que je n'avais pas prévus m'attendaient. Je n'avais pas prévu par exemple que les choses se passeraient comme elles se sont passées à Gap.

J'y suis bien allé en train, avec d'autres mineurs, comme me l'avait expliqué Anne, et j'ai bien été reçu dans un bureau où l'on m'a demandé de raconter, avec la plus grande précision, mon parcours depuis mon départ de Guinée, mais la réaction de mon interlocutrice n'a pas été celle à laquelle je m'attendais. Je m'étais appliqué, pourtant. J'avais fait le maximum pour me souvenir de tout. De chaque ville, de chaque campagne, de chaque torture. Et ce journal, que je tenais sur mes genoux, m'aidait beaucoup, mais tous ces efforts pour formuler l'indicible ont été vains, car une fois mon récit terminé, cette dame a posé son stylo, croisé ses mains devant elle, et m'a dit :

— Jeune homme, à plusieurs reprises, vous m'avez indiqué avoir travaillé sur votre parcours migratoire. Or, un mineur ne travaille pas. Il n'en a pas le droit. J'en déduis donc que vous n'êtes pas mineur.

Cette dame croyait-elle sérieusement à ce qu'elle venait de me dire ? Ou cherchait-elle simplement à justifier ce qu'elle avait décidé dès mon entrée dans son bureau, à savoir que pour des raisons de quotas dépassés ou de tête qui ne lui revenait pas, en l'occurrence la mienne, elle ne me donnerait pas ce statut de mineur qui était pour moi le seul sésame ?

Je n'en savais rien, son visage était trop fermé pour y lire quoi que ce soit, mais l'argument qu'elle venait de m'opposer était stupide et absurde.

Quand j'ai quitté la Guinée-Conakry, j'avais à peine quatorze ans. Et partout où je suis passé, j'ai travaillé, comme tous les mineurs que j'ai pu croiser sur mon chemin. Certains avaient à peine huit ou neuf ans, ils labouraient des champs ou déchargeaient des camions toute la journée. Et ça ne gênait personne. *Les mineurs n'ont pas le droit de travailler* : mais de quel droit parle cette femme ?! Qui respecte ce droit, en Afrique ? Chaque fois qu'on payait pour traverser un pays, la Côte d'Ivoire, le Ghana, le Togo, le Bénin, le Niger, il fallait qu'on renfloue nos portefeuilles. Ces trajets en pick-up coûtaient une fortune. Les passeurs nous rackettaient, mais si l'on voulait aller plus loin, on n'avait pas le choix, il fallait payer. Ensuite, on n'avait même pas de quoi manger et on acceptait tout – *tout !* – quelles que soient les conditions. On nous payait une misère et parfois on ne nous payait pas du tout, comme des esclaves.

Ça nous est arrivés en Libye. Oui, en Libye, mon frère Ismaël et moi, on a été kidnappés, puis vendus aux Asma Boys de Tripoli, des trafiquants qui nous ont fait travailler jusqu'à ce qu'on en perde connaissance. J'ai raconté tout cela à la dame de Gap, et la dame de Gap en a conclu que si j'avais réussi à survivre à ce long cauchemar, c'est que je ne pouvais pas être mineur.

Je ne raconterai plus jamais rien à personne.

Quand je suis sorti de ce bâtiment, j'ai marché un long moment. Je ne savais pas quoi faire, ni où aller. J'aurais voulu qu'on me mette dans un avion pour retourner chez moi, puis poser la tête sur les genoux de ma mère et dormir une année entière. J'étais si fatigué.

J'ai vu un parc et je suis entré dedans. Je m'étais acheté un sandwich. Je l'ai mangé assis sur les marches d'un toboggan, puis je me suis allongé sur un banc et j'ai regardé les nuages galoper dans le ciel.

J'aurais voulu être l'un d'eux, avoir cette liberté bénie d'avancer sans que personne ne me demande quoi que ce soit, changer de ville, de pays ou de continent au gré de mes envies. Pourquoi était-ce si compliqué ? Pourquoi personne ne voulait-il de nous nulle part ? Je ne demandais rien d'autre que d'aller à l'école, apprendre un métier et devenir un bon travailleur. À tout cela, il fallait donc que je renonce puisque la dame de Gap avait décidé que je n'en avais plus l'âge. Elle ne m'avait même pas ordonné de faire une radio osseuse, comme si elle avait craint que celle-ci me donne raison. Quel âge avais-je, alors ? Et qui le décidait ?

Cela ne comptait plus, en vérité, car j'avais compris que si je n'étais pas mineur, j'étais étranger. Et si j'étais étranger, il ne me restait qu'une voie de recours : demander l'asile politique. Mais cela signifiait d'autres démarches administratives, d'autres dossiers à déposer dans d'autres bureaux, devant d'autres dames à qui il faudrait raconter à nouveau mon parcours. Et ça, c'était non. Je n'en avais plus la force.

Je crois que dans ce parc, j'ai dormi un peu, et quand je me suis réveillé, le soleil s'était couché. Il commençait à faire froid. J'ai eu peur de dormir ici, seul, à la merci de tous les dangers. Alors je me suis souvenu que j'avais dans ma poche un papier sur lequel était écrit un prénom, Lili, et un numéro de téléphone.

Lili était la jeune fille de mon âge assise à l'arrière de la voiture qui avait failli m'écraser. J'avais croisé son regard juste avant que la couverture ne se pose sur moi, mais on ne s'était pas dit un mot, ni à ce moment-là ni plus tard, lorsque j'avais dormi sur le canapé de son salon. C'était le père qui s'était occupé de moi. Elle, elle m'avait donné un de ses joggings. Un très joli jogging gris, tout moelleux.

J'ai su qu'il lui appartenait parce qu'il y avait son prénom inscrit sur une étiquette à l'intérieur. Ça m'avait surpris. Pourquoi marquait-elle ses vêtements à son nom ? Avait-elle peur qu'on les lui vole ? Sous son propre toit ? Les Français sont des gens bizarres, il faudra que je raconte ça à ma mère, elle n'en reviendra pas.

Bref, je suis reparti de cette maison le matin avant qu'elle se réveille et je pensais ne plus jamais la revoir de ma vie, mais hier en fin de journée, alors que j'étais tranquille avec d'autres gars devant le Refuge en train d'écouter des nouvelles de Guinée à la radio, je l'ai vue arriver avec un type. Lui, je ne l'avais jamais vu.

Ils n'avaient pas l'air très à l'aise. Ils sont restés un moment à distance, à nous observer. Je me demandais ce qu'ils nous voulaient. *Ouais, qu'est-ce qu'ils nous veulent ?* a dit un gars en swahili, et tout le monde a rigolé. Lili et son copain ont compris qu'on se moquait d'eux. J'étais gêné, je savais qu'ils allaient venir vers moi. Ils se sont regardés, et puis Lili s'est en effet approchée. Le garçon, lui, est resté en retrait. Elle m'a dit : *Bonjour, ça va ?* Et rien d'autre pendant un long moment, comme si les mots n'arrivaient pas à sortir de sa bouche. Les autres nous regardaient toujours. J'avais envie de me lever et de rentrer à l'intérieur, mais je sentais qu'elle allait me dire quelque chose d'important, alors je suis resté, j'ai attendu. Finalement, elle n'a fait que sortir de l'argent qu'elle avait dans sa poche, un billet de dix et des pièces de un et de deux euros.

Elle me les a tendus. Je n'ai pas réagi. Alors elle a pris ma main, et elle a mis l'argent dedans en disant tout bas : *Si, si, tiens, prends-les, c'est pour toi.* Ensuite, elle a griffonné son nom et son numéro sur ce bout de papier que j'ai maintenant en main, en ajoutant : *Voilà, c'est mon portable. Si jamais tu as besoin d'aide, surtout tu n'hésites pas. Tu m'appelles et je viendrai.*

Lili

06. 13. 24. 22. 61.

Je suis toujours à Gap, dans ce foutu jardin d'enfant où le vent s'est engouffré, et je compose le numéro sur le clavier de mon téléphone.

La touche « appel » me regarde.

J'appuie ?

J'appuie pas ?

J'hésite.

Allez, j'appuie. On verra bien si Lili répond. Et si elle vient.

Jokojayé

Briançon, le 6 octobre

Lorsque Joko m'a appelée de Gap, hier, j'ai cru à une blague de Rosalie. Je l'avais eu la veille au téléphone, et bousculée par ma visite au Refuge, je n'avais pas pu m'empêcher de lui en parler. J'avais raconté ce que Vanessa m'en avait dit, le nombre d'arrivées par jour, le peu de chambres et de sanitaires, les matelas partout… Ça l'avait à nouveau agacée :

— Oh, arrête de faire ton Angelina Jolie, c'est bon ! T'es pas partie au fin fond de l'Afrique ! T'es juste à Briançon, Lili ! Redescends un peu.

Elle avait peut-être l'impression que je frimais. Que je voulais lui dire que ma vie avait maintenant du sens, contrairement à la sienne à Marseille. Pour être honnête, je le pensais un peu. J'imaginais donc qu'elle aurait voulu me donner une petite leçon en demandant à Moussaf ou Nabil de m'appeler et de se faire passer pour Joko. Alors d'entrée de jeu, j'ai dit *Moussaf, Nabil, arrêtez, vous êtes vraiment relou !*

Joko n'a pas compris. Il a cru qu'il s'était trompé de numéro et il a raccroché. J'ai rappelé tout de suite, comme un pressentiment, et c'est là qu'il m'a expliqué n'avoir pas été reconnu comme mineur par l'Aide Sociale à l'Enfance. Il était à Gap et il ne savait pas quoi faire, ni où aller. Plus de doute, c'était bien lui.

Il faut avoir croisé le chemin de tous ces exilés qui transitent par Briançon pour mesurer la chance énorme que nous avons, nous autres Occidentaux, d'être nés du bon côté de la planète. Car là est bien la seule chose qui nous différencie d'eux, *la chance*. Nous en avons à revendre et ils n'en ont aucune.

Le jour où j'étais venue au Refuge avec Julien pour voir Jokojayé, je l'avais trouvé qui traînait dehors en compagnie d'autres jeunes de son âge. Ils écoutaient une radio étrangère.

Certains étaient assis par terre, un autre dans une poussette, un troisième dans un vieux caddie de supermarché transformé en fauteuil sur roulettes – quelle tristesse… En les regardant, j'ai vraiment eu l'impression qu'ils étaient là depuis toujours et qu'ils n'attendaient plus rien, sinon que la vie passe. Je me suis sentie bête et inutile. Je m'étais imaginé pouvoir nouer une conversation avec Joko comme s'il avait été un élève du lycée ou un simple voisin, mais devant tant d'apathie, mes mots restaient coincés dans le fond de ma gorge. Je ne savais pas comment faire. Je n'avais pas les codes, pas la langue. Et tout ce que j'avais prévu de lui dire sur ma honte et mon soutien s'effaçait de ma mémoire comme sur l'écran d'une ardoise magique, c'était pathétique. Après deux ou trois minutes, certains se sont mis à rire. J'ai eu envie de partir en courant, mais Julien m'a poussée à avancer. *Allez, vas-y, moi je ne le connais pas.*

Pour ne pas perdre la face, j'ai donc marché jusqu'à lui sans me poser de questions et parce que ses deux grands yeux ronds qui n'exprimaient rien ne m'aidaient pas à parler, je lui ai donné mon numéro de téléphone et l'argent que j'avais sur moi. Comme s'il faisait la manche ! Je m'en suis tellement voulu ensuite… Je suis partie vite, sans me retourner, et j'ai pleuré de rage jusque chez moi.

Qu'est-ce que j'espérais ? Que Jokojayé serait heureux de me revoir ? Qu'il me ferait un grand sourire, une petite danse de la joie ? Qu'il dirait aux autres que c'était grâce à nous qu'il était encore en vie ? Je ne voulais pas l'aider, en fait. Je voulais des fleurs, voilà ce que me disait la manière dont son indifférence m'avait déstabilisée, et cela me donnait envie de creuser un trou et de m'y enterrer. Je n'avais rien compris au drame que vivait ce garçon. Alors quand il m'a appelée depuis ce jardin à Gap, c'était comme une seconde chance : cette fois, je ne pouvais pas ne pas être à la hauteur.

Il était un peu moins de dix-sept heures. J'étais encore au lycée, il me restait une heure de SVT. À quoi sert la SVT dans la vie ? Je me suis posé la question, mais n'ayant pas trouvé de réponse, j'ai demandé à Joko de m'envoyer la localisation de son GPS et je lui ai dit de ne pas bouger, j'arrivais au plus vite. Ensuite, je me suis connectée au site de la SNCF. Un départ pour Gap en TER était annoncé à 17 h 14. C'était vraiment serré, mais si je piquais un sprint jusqu'à la gare, j'avais une chance de monter dedans. Rosalie m'aurait vue, elle qui me traitait de loukoum chaque fois qu'on allait faire un jogging, elle n'en serait pas revenue, une athlète aux JO !

Bien évidemment, j'ai eu ce train.

J'avais 1 h 09 de trajet. 1 h 09 pour réfléchir à ce que j'allais faire.

Mon plan était simple. Je voulais rentrer à Briançon avec Jokojayé et débarquer à la maison en disant à maman que je l'avais trouvé en train d'errer dans notre quartier. Pas besoin de lui parler de Gap ni de mon voyage en TER, ça l'aurait stressée pour rien. L'idée était de proposer ensuite d'héberger Joko jusqu'à ce qu'il obtienne des papiers, et je ne voyais vraiment pas pourquoi maman aurait dit non, la maison était bien assez grande pour accueillir un troisième enfant. Et si elle n'en était pas convaincue, je prévoyais de l'emmener au Refuge pour lui montrer comment on réussit à faire dormir cent soixante êtres humains dans cent cinquante mètres carrés – on avait un peu de marge.

Certes, il n'y aurait pas de chambre pour lui, mais je pouvais tout à fait lui laisser la mienne et dormir avec Nino, ou même dans le salon, pour un temps, ça ne me dérangeait pas. Et si enfin les choses étaient trop compliquées en raison de l'assignation de mon père et de la peur panique que maman avait de nous perdre – argument qu'elle ne manquerait pas de m'opposer, j'en étais sûre –, il y avait encore deux autres solutions : Jokojayé pouvait aller vivre chez mes grands-parents ou encore mieux, s'installer chez David à Montgenèvre puisque David passait toutes ses nuits chez nous. Et ce n'était pas lui qui pourrait trouver mon idée mauvaise : pour sauver Joko des gendarmes, il l'avait mis dans son coffre et il avait menti. Aucun de nous n'avait pu l'oublier.

Quand je suis arrivée à Gap, la nuit était tombée et le parc fermé. Joko était injoignable, son téléphone ne devait plus avoir de batterie. J'ai enjambé la barrière et fait le tour des lieux au moins trois fois avant qu'il réponde à l'appel de son nom, quel stress j'ai eu à l'idée de ne pas le trouver ! Mais c'était tout à fait possible. Il pouvait être parti, avoir changé d'avis, ou tout simplement ne pas me faire confiance. Je lui avais dit que je venais, mais quelle garantie avait-il ? En réalité, il ne m'avait pas entendue car il était caché dans un jeu d'enfant pour se protéger du froid. Une sorte de toboggan. Ça m'a fait tellement de peine de le voir recroquevillé là-dedans… Il n'avait rien, il était seul au monde. À quinze ans.

Je me suis imaginée un instant à sa place. Une guerre éclate en France, ou bien nous n'avons plus de quoi manger en raison d'une crise économique qui nous oblige à quitter notre pays, notre famille, nos amis, et, du jour au lendemain, nous nous retrouvons dans un pays étranger, sans ressources ni contacts. À la rue. C'est inhumain, je n'ai pas d'autre mot.

Ce n'est pourtant pas le premier migrant que je croise. À Marseille, il y en avait aussi, mais ils étaient comme des figurants à l'arrière-plan dans le décor de ma vie. Je les voyais sans les voir, car tant qu'on n'a pas réellement rencontré quelqu'un qui se trouve dans cette situation, tant qu'on n'a pas touché du doigt la réalité de ce cauchemar, on ne sait rien. On devine. On imagine. Et on passe son chemin.

Mais moi, maintenant que je connais ce garçon, son âge, son nom, son pays d'origine, son parcours, *je ne pourrai plus jamais passer mon chemin.* Et contrairement à ce que Rosalie m'a dit au téléphone, ce n'est pas de l'angélisme ou mon côté « Angelina Jolie » qui parle. C'est quelque chose au fond de mes tripes qui me donne envie de vomir. Et de hurler. Comment peut-on produire tant de richesses et accepter ça ? Accepter que des enfants vivent comme des mendiants parce qu'on ne peut prétendument pas « accueillir toute la misère du monde » ? Eh bien si, cette misère-là, on peut. ON DOIT. Et même si « les choses sont plus compliquées que ça », comme a voulu me l'expliquer maman, la réalité, c'est que des jeunes de notre âge meurent dans nos montagnes. Ils meurent, point. Quand je lui ai balancé ça, le soir, David n'était pas là, mais je suis sûre qu'il m'aurait donné raison.

J'ai aidé Joko à sortir du toboggan et je lui ai demandé de courir pour qu'on retourne vite à la gare, si on voulait prendre le prochain TER dans l'autre sens, il ne fallait pas traîner. On est arrivés deux minutes avant le départ, et crois-le ou non, un crétin d'agent bloquait l'accès au quai. Il ne voulait rien entendre. *Les portes sont fermées, les portes sont fermées !* beuglait-il comme un abruti, si bien qu'on n'a pas pu passer. Résultat, on a attendu le TER suivant une heure en gare.

Il était vingt heures et j'avais déjà reçu douze textos et quinze appels en absence de ma mère. Le premier disait : *Peux-tu m'expliquer la raison pour laquelle tu n'es pas allée en SVT ?* De l'inconvénient d'avoir une mère prof dans le lycée où vous êtes scolarisé…

Quant au dernier message, il transpirait ses larmes et ses angoisses. Mon père la harcelait depuis la fin de l'après-midi. Il essayait de me joindre, il voulait que je le rappelle immédiatement. Elle ne savait plus quoi inventer pour le calmer.

J'ai appelé Julien et je lui ai demandé de me couvrir, d'écrire à ma mère à ma place depuis son téléphone pour lui expliquer que je n'avais plus de batterie, qu'il avait perdu son cousin le plus proche dans un accident et que dans l'affolement général, j'avais complètement oublié de la prévenir que je serais dans une heure à la maison.

— Sympa pour mon cousin, a dit Julien.

Un bref silence s'est installé entre nous, et puis il m'a demandé :

— Mais qu'est-ce que tu vas en faire ?

Il parlait de Jokojayé, et j'ai pensé qu'il aurait pu me poser la même question au sujet d'un chien ou d'un chat abandonné.

— Je ne sais pas, j'ai dit. T'as une idée ?

— Je vais réfléchir. Je serai à la gare quand vous arriverez.

Son père était d'astreinte cette nuit-là, il était seul chez lui, il pouvait faire ce qu'il voulait. Mais irait-il jusqu'à proposer d'héberger Joko sous son toit ? Le toit d'un gendarme ?

Alors qu'on attendait toujours notre TER, des flics sont entrés dans la gare. Un petit groupe de trois. Joko les a tout de suite repérés, et j'ai vu la peur se greffer à son visage puis contaminer le mien, comme une tache d'huile. Je lui ai filé mon sac de cours. *Sur ton dos,* j'ai dit, *vite !* et, en attendant, je lui ai mis mon casque sur ses oreilles, Damso à fond sur Spotify alors que je le prenais dans mes bras et que je l'embrassais sur la bouche. Les flics sont passés juste derrière nous. Je les ai sentis me frôler le dos, un glaçon dans ma nuque.

« Vos masques, les amoureux ! » a dit l'un d'eux. Par chance, j'en avais deux dans mon sac. On les a mis et on est vite montés dans le train. Il était vide. Dans notre wagon, une sale odeur de pisse et de métal empoisonnait l'air.

Joko regardait ses pieds, parfois la nuit qui défilait derrière la vitre. La neige s'était mise à tomber à gros flocons et je me suis dit que c'était sans doute la première fois qu'il en voyait. À nouveau, j'aurais voulu lui poser des tas de questions, mais rien ne sortait. On était englués dans le silence. Cela n'embarrassait que moi, lui en avait connu d'autres. Une voix a finalement annoncé l'arrêt de Briançon. Il était presque vingt-deux heures. J'ai envoyé un texto à Julien :

T'es là ?

Les petits points sont apparus sur mon écran, signe qu'il était en train de me répondre.

Puis plus rien.

Puis des petits points encore.

À quoi jouait-il ?!

Le train s'est arrêté et le texto est arrivé :

Non, je ne suis pas là.

Je suis venu, mais je suis reparti.

Opération en cours devant la gare.

Et c'est mon père qui la dirige.

Tout s'est alors figé, et cette seconde-là s'est dilatée, devenant un puit dans lequel je me suis sentie chuter.

J'ai tourné la tête vers la fenêtre.

Partout, des lumières bleues balayaient le ciel.

Des gyrophares.

Joko m'a regardée et, dans ses yeux, j'ai vu la masse liquide que j'étais en train de devenir. J'aurais voulu lever la main pour dire *stop !* comme au jeu du loup-garou, mais, aussi absurde me semblait-elle, la partie était bel et bien réelle, de sorte que je lui ai ordonné d'aller s'enfermer dans les toilettes en attendant mon appel et de n'en ressortir sous aucun prétexte – je n'en avais pas pour longtemps.

Je suis descendue du train, les jambes flageolantes. J'ai longé le quai, traversé le hall puis le parvis où des flics tenaient des hommes en joue. Ces hommes étaient-ils des passeurs ? Des dealers ? Je me suis posé la question bien après mais sur le coup, pas la tête à ça, je voulais juste que ce moment soit du passé, je voulais passer et que personne ne me demande rien.

J'ai réussi, je ne sais pas comment. Ensuite, je me suis enfoncée dans cette obscurité qui sépare la gare du Refuge et, deux minutes plus tard, j'étais face à un jeune migrant qui ressemblait beaucoup trop à Joko. Comme lui deux jours plus tôt, il était assis dehors en train d'attendre je ne sais quoi, et il ne risquait rien. Il était protégé par l'association, inscrit dans une procédure en cours, il avait des droits qu'on ne pouvait pas balayer comme ça, d'un revers de main, ça aurait fait tache, gros scandale, alors que Joko, lui, dans les toilettes du train, renvoyé par une femme qui ne l'avait pas reconnu comme mineur, sans papier, sans âge et sans toit, quel droit avait-il ? Aucun. Et pourtant, une centaine de mètres seulement séparaient ces deux garçons qui venaient du même pays et qui avaient traversé la même Afrique, la même Europe, et les mêmes montagnes. C'était absurde. C'était à *hurler de rage*, mais telle était la réalité, et face à tant de folie, je n'avais plus les armes.

À ce stade, seul David pouvait encore faire quelque chose. Parce que David avait déjà réussi à sauver Joko. Il avait commis un geste fou en le cachant dans notre coffre au nez des gendarmes, j'en avais bien conscience, mais face à la folie de la loi, il en fallait tout autant, folie qui en l'espèce était pour moi l'autre nom du courage. J'ai composé le numéro de David, et, moins de dix minutes plus tard, il était là. Il m'a demandé de rentrer chez moi, et promis qu'il s'occupait de Joko. Il était 22 h 15.

Il est maintenant quatre heures du matin, et j'attends toujours de ses nouvelles. Je suis morte d'inquiétude. Pour lui, et pour Joko. Maman aussi, d'ailleurs, je l'entends qui fait les cent pas dans la cuisine. Elle est convaincue que David a eu un accident. Il devait la rejoindre après avoir quitté son dernier patient à domicile, et elle est sans nouvelles de lui depuis.

Je n'ai pas osé lui dire la vérité. Elle croit encore que le cousin de Julien est mort tandis que je me demande comment David s'y est pris pour faire sortir Joko du TER. Et si les flics les avaient attrapés ? Et s'ils avaient confondu David avec un passeur ? Ça peut être condamné, un passeur ? Il faut que je me calme. Que j'arrête de délirer. David n'avait plus de batterie, c'est tout. David est rentré chez lui avec Joko, il s'est occupé de lui et ils se sont tous les deux endormis. Voilà. Rien de plus. Demain, j'aurai de ses nouvelles. Demain sera un autre jour.

Clavière, le 6 octobre

Mon pauvre enfant,

À ce stade de l'histoire, il y a peu de chance que je devienne un jour cet homme que je m'étais imaginé quand j'étais encore à Conakry, rêvant depuis le bout du bout de la presqu'île de Camayenne à mon avenir en regardant les îles de Loos à l'horizon. Je n'avais pourtant pas espéré devenir riche. Ni célèbre. Je voulais simplement avoir une vie digne. Je voulais gagner de quoi me loger, me nourrir, me marier et faire des enfants.

Eh bien si demain cette vie-là m'était offerte, je ne suis pas certain que je voudrais encore d'un enfant, car pourquoi faire venir l'innocence dans un monde où des êtres humains sont traités moins bien que des chiens, et où les États se servent d'eux comme de balles pour jouer au ping-pong ? Car voilà ce que font l'Italie et la France avec nous, les exilés, leur frontière faisant office de parfait filet de table…

J'ignore où ton âme vagabonde à l'heure qu'il est, mais crois-moi, tu es bien mieux dans tes limbes que sur cette terre, et d'ailleurs, peut-être est-ce moi qui te rejoindrai bientôt. Oui, peut-être. Qui sait…

Pardonne ma noirceur. J'aimerais tant être un exemple pour toi, mais, depuis mon retour de Gap, je n'ai plus le cœur à rien. Les choses avaient pourtant bien commencé. D'abord, Lili a répondu à mon appel et elle est venue me chercher. Oui, je te le jure, elle a séché son dernier cours, pris un train, et elle est venue jusqu'à Gap ! À la gare, elle m'a même embrassé sur la bouche comme si j'étais son petit ami pour détourner les soupçons de la police, une sacrée fille ! Jamais je n'oublierai ce geste. Oh ça non, jamais, car l'espace d'un instant, il m'a inclus dans le même monde que le sien et je n'ai plus été qu'un adolescent de quinze ans, lycéen, en couple avec une jeune fille de mon âge – c'était si bien, si léger !

Nous avons pris un train pour Briançon. L'idée de Lili était de m'héberger chez elle. Je lui ai demandé si ses parents étaient d'accord – je savais ce que les bénévoles risquaient en nous accueillant chez eux – mais elle a levé les yeux au ciel. *Pour qui nous prends-tu ?* Et le sujet a été clos. J'ai passé le reste du voyage à regarder la neige tomber. C'était la première fois de ma vie que j'en voyais. J'étais hypnotisé. Et puis nous sommes arrivés, j'ai vu la lumière bleue des gyrophares et j'ai compris que nous étions fichus.

Lili, en panique, m'a demandé d'aller me cacher aux toilettes en attendant son retour. Je l'ai fait pour ne pas la décevoir. Et aussi pour éviter de lui raconter les méthodes des douanes. À quoi bon ? Les gens ont des illusions, cela ne sert à rien de les piétiner.

Elle a quitté le wagon et j'ai feint de m'enfermer aux toilettes. Évidemment, je n'y suis pas resté. Je connaissais trop le scénario qui allait suivre : les bruits de pas, les voix qui résonnent, les chiens tenus en laisse courte qu'on pousse à aboyer et la lumière des torches balayant les vitres. Cela rappelait d'autres temps, mais il n'y avait sans doute pas d'autres moyens pour fouiller les trains et il faut bien exécuter les ordres venus d'en haut. J'ai baissé la vitre à guillotine, je me suis hissé sur le cadre et j'ai fait basculer mon corps vers l'extérieur. Voilà, j'étais dehors.

Seul le quai était éclairé, pas les voies ferrées, ma chance. J'ai pensé au guépard qui a longtemps figuré sur les timbres de Guinée, ces guépards magnifiques qui ont disparu de notre pays mais que maman a connus, enfant, dans les campagnes, et dont elle me vantait l'agilité époustouflante. *C'est l'animal le plus rapide au monde !* disait-elle, *plus rapide encore que notre voiture, il peut faire des pointes à cent trente kilomètres heure.* J'en étais donc là, à m'identifier à un animal…

Le dos rond et les genoux pliés, le corps en boule au ras des rails, les orteils et les bouts des doigts prêts à repousser le sol, voilà comment j'ai bondi de voie en voie jusqu'aux trains de marchandises. Les wagons étaient tous ouverts, déchargés. Je me suis retranché dedans un instant. J'entendais au loin les voix des gendarmes parlant dans leurs talkie-walkies, mêlées aux couinements des rongeurs que des fruits tombés des cagettes avaient dû attirer là. Ils étaient juste derrière moi. Ils étaient dans mon dos et déjà, mon esprit malade les voyait me passer entre les jambes et sur le torse, m'obligeant à me bâillonner pour ne pas hurler. J'ignore combien de temps cela a duré. Une demi-heure, peut-être une heure, mais comme avec la température réelle et son ressenti, il n'y avait aucun lien entre la réalité et ce que j'étais en train de vivre. J'avais l'impression d'être coincé là depuis des semaines. Une vie.

Quand je n'ai plus perçu que le bruit des rongeurs et leur ombre répugnante projetée sur le plancher par la lumière des réverbères, j'ai jugé que je pouvais sortir. Je tremblais de froid, et je n'avais qu'une seule idée en tête, rejoindre le Refuge à deux cents mètres. Il n'y aurait sans doute plus de place, mais le bénévole de garde ne me laisserait pas à la rue. C'était impossible, je le savais.

J'ai marché jusqu'au hall de la gare. Par la vitre, j'ai distingué le vigile côté rue, assis dos à moi sur une chaise, qui devait dormir. Le hall était fermé, les grilles qui permettaient de passer des voies au parking aussi. J'ai dû m'y reprendre à trois fois pour les escalader sans faire de bruit, m'esquintant les reins au passage, ce dont je me suis rendu compte que plus tard, car, sur le coup, mon corps était anesthésié par la peur. J'ai fendu le terre-plein en son milieu. Le vigile a ouvert un œil, mais, jugeant sans doute que je n'étais un danger pour personne, ses paupières se sont aussitôt rabattues, et c'est à cet instant que j'ai vu le 4 × 4 de David. Oui, le gros 4 × 4 bleu marine et orange qui avait manqué me tuer sur la route, il était là, garé entre le Refuge et la gare. Au volant, mon sauveur.

Qu'est-ce qu'il faisait là ?

Il me faisait signe de venir, ses mains s'agitaient devant son visage – *Vite, vite, dépêche-toi !* – alors je me suis approché et j'ai grimpé sur le siège passager. La portière était déjà ouverte. Il n'a pas attendu que je l'ai refermée pour mettre le contact et ficher le camp. Il était très calme, très souriant. Il a même dit, en riant :

— Tu sais que j'ai fait toutes les toilettes du train pour te trouver ! J'ai même dû raconter aux flics que ma belle-fille y avait oublié son portable pour qu'ils me laissent monter ! Sacré toi.

Sa belle-fille ? Lili ? Marrant, j'avais cru qu'elle était sa fille. On se fait parfois de ces idées sur les gens… C'était donc elle qui l'avait prévenu et lui aussi, il était venu tout de suite. Il m'attendait depuis deux heures sans savoir si j'allais ou non réapparaître. La gentillesse.

— Où étais-tu caché ? a-t-il demandé.

— Dans le train des marchandises.

— Ah ! J'en étais sûr ! J'ai failli y aller, mais je me suis dit au dernier moment que si tu t'y étais réfugié, j'allais risquer d'attirer l'attention et te mettre en danger. En tous cas, maintenant tu ne risques plus rien. Tu es avec moi et je t'emmène dans ma maison, à Montgenèvre. Ce n'est pas très grand, mais j'ai un beau jardin. Le matin, on y entend les oiseaux, tu verras, tu y seras bien.

— Mais tu n'habites pas avec ta femme ?

— Gabrielle ? Non, on a chacun son chez soi, mais c'est vrai que je suis beaucoup chez elle.

Une nouvelle chanson, entraînante, est sortie des enceintes. J'aimais bien. J'ai demandé le titre à David.

— « Comme un avion sans ailes », a-t-il dit. CharlÉlie Couture.

Il a laissé la musique se terminer, puis il a baissé le volume et m'a dit qu'il ne fallait pas que je m'inquiète, qu'une de ses patientes, bénévole au Refuge, lui avait dit qu'il y avait d'autres solutions, que je pouvais tout à fait demander à être reconnu comme mineur dans un autre département, que pour l'instant, les administrations ne recoupaient pas leurs informations, mais que cette « anomalie administrative » n'allait pas durer : il fallait en profiter. David était aussi positif que Lili. Il voulait me donner un peu d'espoir. Je me demandais pourquoi ces gens-là faisaient tout ça pour moi, alors bêtement, j'ai posé la question :

— Pourquoi vous faites tout ça ?

— Tout ça quoi ?

— Ben tout ce que vous faites pour moi.

J'ai compris que David ne s'attendait pas à ma question. Il ne se l'était peut-être jamais posée.

— Je ne sais pas... a-t-il dit. J'obéis sans doute aux principes que mes parents m'ont inculqués et qu'eux-mêmes tenaient de leurs parents, qui les tenaient de leurs parents, qui les tenaient de leurs parents. Tu sais, porter secours, c'est une règle immuable, dans nos montagnes. Notre territoire est dur, comme la mer, et contre la mer et la montagne, on ne peut rien. On est minuscules. On n'a donc pas d'autre choix que d'être solidaires. Et ici, on t'apprend ça dès l'enfance. C'est le b.a.-ba. Ne jamais partir seul, prévenir de son départ, avoir des provisions et une trousse de secours dans son sac à dos, faire attention à l'autre. Aujourd'hui, dans ce pays, la loi des hommes dit le contraire, mais parfois la loi des hommes se trompe, et quand on s'en rend compte, on la change, malheureusement, c'est souvent trop tard. Les lois de la montagne, elles, ne changent pas avec nos gouvernements. Elles sont universelles et intemporelles, c'est pour ça que j'y suis fidèle.

David avait baissé le son de la radio. Une sorte de calme après la tempête s'est installé dans l'habitacle, ponctué de la voix au timbre grave d'une auditrice qui racontait sa vie. Nous étions bientôt arrivés et je pensais à mon destin fou, à ce miracle sans cesse répété depuis la Guinée d'avoir réchappé à tout. Je pensais aux pistes ensablées du Mali, aux prisons libyennes, à la houle d'une Méditerranée dont le ventre avait englouti tant de mes semblables. Comment pouvais-je être encore là ? Quelle étoile me protégeait ? Était-ce mon père qu'un militaire avait abattu de sang-froid au stade Conakry, le 28 septembre 2009 ? Je n'en savais rien, mais porter à mon index sa bague en argent sertie d'une pierre noire, qu'il avait toujours à son auriculaire, me donnait de la force et du courage. Elle était mon bien le plus précieux. Mon talisman.

À la sortie du dernier virage, les phares d'une voiture, postée sur le bas-côté, nous ont éblouis.

— Merde, a lâché David.

Un gendarme, le bras levé, nous faisait signe de nous ranger.

Nous avancions vers lui mais, par un effet d'optique, il me semblait que c'était lui qui marchait vers nous et que rien ne pouvait l'arrêter, qu'il était la somme de tous les hommes en uniforme qui m'avaient loupé jusque-là, et qui maintenant me rattrapaient. Je n'avais nulle part où aller.

David a dessiné un coude pour s'arrêter pile à sa hauteur. Il a éteint la radio, baissé sa vitre.

— Vous coupez le moteur, s'il vous plaît. Les papiers du véhicule.

David s'est penché sur moi pour ouvrir la boîte à gants où ils se trouvaient et les lui a tendus.

Le gendarme y a jeté un bref coup d'œil, puis m'a dit :

— Vos papiers, monsieur, s'il vous plaît.

— Non, a répondu David du tac au tac, lui, il est mineur. Le département de Gap n'a pas voulu le reconnaître comme tel, mais comme ils n'ont pas pu prouver non plus qu'il était majeur, il va contester cette décision auprès du juge.

— Et il y a un document qui me le prouve ? a demandé le gendarme.

David s'est tourné vers moi et m'a demandé :

— Tu as la fiche « mineur isolé » que tu as remplie au Refuge ? Celle que tu as présentée au commissariat pour déposer tes empreintes ?

— Non, j'ai dit. Je l'ai donnée à Gap.

Dans le regard de David, j'ai compris que mon sort était scellé.

— Bon, vous sortez du véhicule, s'est impatienté le gendarme.

— Mais pourquoi ?! s'est inquiété David. Qu'est-ce que vous allez faire, vous n'allez pas l'arrêter ?

— Je vous demande de sortir du véhicule.

David a serré les mâchoires et enlevé sa ceinture. J'ai aussi retiré la mienne, puis on a tous les deux ouverts nos portières et quitté nos sièges.

Deux autres gendarmes étaient postés à l'avant du 4×4. Ils ont parlé entre eux. J'ai entendu le mot « Clavière », et j'ai vu David bondir.

— Comment ça, Clavière ? a-t-il dit. Non, vous ne le ramenez pas à Clavière, vous ne faites pas ça ! Vous n'avez pas le droit de le reconduire à la frontière sans une décision du préfet. C'est la loi en matière de droit d'asile.

— Mais ce n'est pas une reconduite à la frontière, a répondu le gendarme très calmement. Vous êtes à moins de dix kilomètres de la frontière italienne, monsieur, c'est une non-admission sur le territoire.

David était soufflé.

— C'est une blague ? a-t-il dit. Vous jouez sur les mots, là, ce n'est pas possible... Vous n'avez pas le droit de faire ça.

— Je vous demande de me suivre, a ordonné le gendarme, impassible.

Ses deux collègues m'ont attrapé chacun par un bras pour m'emmener vers leur véhicule.

— Non, je ne vous suis pas ! a crié David. Je ne monterai pas dans votre voiture !

— Vous vous calmez tout de suite, sinon c'est les menottes.

— Mais je suis très calme. Joko ! Tu ne t'inquiètes pas, je ne te laisse pas tomber !

Ce sont les derniers mots que j'ai entendus de David, puis l'un des gendarmes a mis sa paume sur mon crâne pour m'obliger à entrer à l'arrière de leur voiture. Dix secondes plus tard, nous roulions vers l'Italie.

Les gendarmes m'ont fait descendre en pleine montagne, dans la nuit et le froid glacial, juste après la frontière. Ils ne voulaient pas aller jusqu'à Clavière de peur que les *carabinieri* les empêchent de se débarrasser de leur poubelle, c'est-à-dire moi. Voilà ce que j'étais devenu, une poubelle, et personne ne souhaitait me garder sur son territoire. Je me suis retrouvé au milieu de rien, dans l'immensité blanche d'un champ enneigé où les contours et les reliefs avaient été abolis. Je n'avais plus aucun repère. J'ignorais où se trouvaient le nord, le sud, l'est et l'ouest, et quand j'ai décidé d'avancer pour ne pas geler sur place, mes jambes se sont enfoncées si profondément que j'ai perdu une chaussure. Impossible de la récupérer.

Au Refuge de Briançon, j'avais vu un garçon amputé des deux pieds après sa traversée au col de l'Échelle. Il s'appelait Mamadou.

Je ne voulais pas perdre mes pieds. Pour protéger celui qui était désormais à nu, j'ai enfilé toutes les chaussettes que j'avais dans mon sac à dos et je me suis attaché un sac plastique autour de la cheville. Ce serait toujours mieux que rien.

Je me suis remis en route, les flocons dansant autour de moi comme dans un rêve, gonflant encore un peu l'épais manteau qui s'était déjà déposé sur la terre. Il n'y avait pas un bruit, pas même celui de mes pas. La neige avait tout étouffé, enseveli. J'avais peur de la neige comme j'avais peur de l'eau. Peur d'être englouti. J'entendais mon cœur battre à mes tempes comme si je me trouvais à l'intérieur de moi-même, et je continuais d'avancer sans savoir où j'allais, perdant à chaque pas un peu de mes forces et de mon courage.

Les premières maisons se sont dessinées à l'horizon. Je ne voulais pas y croire. J'ai fermé les yeux et je les ai frottés plusieurs fois, mais elles étaient toujours là, ce qui m'a persuadé un instant que j'étais peut-être devenu fou. C'était possible, ma mère l'était bien devenue elle aussi, après avoir été violée par les membres de la junte militaire, alors pourquoi pas moi ? La folie était peut-être notre histoire. Notre destin.

Quand je suis arrivé *Chez Jésus,* Veronica n'a pas pu retenir ses larmes. Elle m'a déshabillé et installé près du poêle, elle a jeté plusieurs couvertures sur mes épaules et m'a mis les pieds à tremper dans une bassine d'eau chaude en me disant : *Frotte tes pieds, allez, Joko ! Écoute-moi ! Frotte-les fort, comme ça, entre eux, pour faire repartir la circulation, tu peux y arriver !*

Plus tard, je l'ai aussi entendue dire que j'avais les lèvres bleues et que je tremblais beaucoup, mais c'était comme une voix très lointaine, venue d'outre-tombe, qui me semblait destinée à un autre. Moi, je n'étais pas là. J'étais toujours sous la neige, perdu au milieu de tout ce blanc qui continuait de m'avaler tandis qu'une main s'attaquait à m'ôter le givre déposé sur mes cheveux, mes cils et mes sourcils. Je n'ai recouvré mes esprits que le lendemain. Et encore, je ne savais plus mon nom.

Je ne repartirai plus.

C'est terminé.

J'ai connu la France, brièvement, et elle n'a pas voulu de moi, mon voyage s'arrête donc en Italie. Dans les jours qui viennent, je retournerai à Rome, ou peut-être à Milan, et j'y poursuivrai ma vie de clandestin.

Jokojayé

Briançon, le 6 octobre

Nous n'avions pas de nouvelles de David parce qu'il a passé la nuit en garde à vue. Après avoir récupéré Joko à la gare de Briançon, ils sont montés vers Montgenèvre en voiture où David a sa maison, et c'est un peu avant l'entrée du village qu'ils sont tombés sur un barrage. Joko a été reconduit *manu militari* à Clavière, en Italie, tandis que David était emmené au commissariat. Privé de son portable, il n'a pas pu appeler pour prévenir. Quand maman a enfin réussi à le joindre, le lendemain vers onze heures, il ne lui a rien raconté de ce qui lui était arrivé. Il n'a pas dit non plus qu'il était en route pour l'Italie, tellement furieux du comportement des flics qu'il avait décidé de faire comme eux, de passer toutes les lois par-dessus bord et d'aller lui-même rechercher Joko *Chez Jésus*. Il le savait dans cette association d'aides aux réfugiés située sous l'église car ils en avaient parlé ensemble : c'est là que Joko a passé plusieurs semaines entre chacun de ses passages avortés au col de l'Échelle.

Au téléphone, maman a demandé à David ce qui lui était arrivé, où il était passé depuis la veille, et il a répondu, évasif, qu'il lui expliquerait. Maman se trouvait alors au collège et le club sportif de Nino venait de l'appeler pour lui dire que mon frère ne se sentait pas très bien, que ce serait préférable qu'elle vienne le chercher. Ne voulant pas abandonner ses élèves, elle a demandé à David s'il pouvait y aller à sa place. David a eu l'air d'hésiter, lui qui d'ordinaire est toujours prêt à rendre service. En me rapportant leur conversation, maman s'est souvenue qu'il lui avait dit : *Mais ils vont me laisser le prendre ?* Cela l'avait surprise. Elle lui a répondu qu'elle allait les prévenir et elle a raccroché sans se douter un instant qu'il irait chercher mon frère au stade, mais qu'ensuite, il l'emmènerait *Chez Jésus,* en Italie. Oui, c'est ce que David a fait… Il a même demandé à Nino de s'allonger à l'arrière de sa voiture, sur Joko dissimulé sous une couverture, et c'est ainsi qu'ils ont pu repasser la frontière.

Maintenant, David et maman sont installés dans le salon où ils se disputent depuis une heure, tandis que Joko et Nino jouent au foot dans le jardin. Quant à moi, je suis assise en haut des escaliers, mon journal sur les genoux, l'oreille tendue pour ne rien louper de leur conversation, mais ce n'est pas facile tant les cris des garçons viennent sans cesse couvrir leurs voix…

Ce que je perçois surtout, c'est la nervosité de David. Jamais encore je ne l'avais vu comme ça, et je me demande si c'est l'effet de la garde à vue et le manque de sommeil, ou plutôt la rage d'avoir vu Joko arrêté en France et renvoyé en Italie en-dehors de toute procédure légale, car si j'ai bien compris, la police n'a pas le droit de faire ça. Pour expulser quelqu'un, il lui faut exécuter une décision administrative prise par le préfet, qui s'appelle une OQTF, une Obligation de Quitter le Territoire Français.

Or, aucune décision n'a été prise en ce sens à l'encontre de Joko. Pour le reconnaître comme mineur, un recours est possible devant le juge, et ce recours est un droit dont personne ne peut priver ce garçon. David vient de l'expliquer à maman, mais je crois qu'elle se contre fout de ces considérations juridiques. La seule chose qui compte et qu'elle répète en boucle à David, c'est qu'il s'est servi de mon frère pour faire passer la frontière à un migrant, et qu'ils auraient pu se faire arrêter.

— Et qu'est-ce que j'aurais dit à Thierry ? Tu as pensé à ça, une minute ? Je te rappelle que Thierry m'assigne en justice pour obtenir la garde exclusive des enfants. Je peux perdre la garde de mes enfants, David, pour ce que tu as fait, est-ce que tu en as conscience ?

— OK, a admis David, j'ai fait une connerie, mais ils nous ont arrêtés, on était en France. On n'avait pas passé la frontière, ça t'aurait rendu dingue, toi aussi !

Moi, je comprends David.

Il n'y a rien de pire que l'injustice.

Ça rend dingue. Et ça fait faire n'importe quoi.

Est-ce que c'était n'importe quoi d'aller hier chercher Joko à Gap ? Je ne le crois pas. Et si c'était à refaire, je referais exactement la même chose, comme David qui est allé le rechercher ce matin en Italie, car impossible, après avoir manqué écraser ce garçon, de ne pas répondre à l'appel au secours qu'il nous lançait.

N'empêche qu'en pensant à ce qui s'est passé ensuite, je suis bien obligée de m'interroger. Si je n'étais pas allée le chercher à Gap, il aurait sans doute atterri dans une association et il n'aurait pas été arrêté avec David puis jeté en Italie au milieu de rien, dans la neige et le froid. David n'a rien dit à maman de mon aller-retour en TER et ça me plaît. Non seulement parce qu'il m'a évité le savon du siècle, mais parce que cela signifie que pour lui, désobéir à une règle (ne pas prendre un train seule, par exemple) est toujours moins grave que de ne pas sauver une vie.

David est comme M. Chavannes, finalement, mon prof d'histoire de l'an dernier. Je l'adorais. Chavannes a passé les deux semestres à nous faire l'éloge de la désobéissance, balayant tous les moments dans l'Histoire où les vrais héros étaient ceux qui avaient eu le courage de désobéir à la loi. Il nous a beaucoup parlé des Justes, ces gens qui, au péril de leur vie, ont caché des juifs sous l'occupation nazie pour empêcher qu'on les conduise dans les camps d'extermination quand la loi obligeait à les dénoncer. Les migrants ne sont pas victimes d'un génocide, bien sûr, et David ne risque pas de mourir fusillé pour avoir fait passer la frontière à l'un d'eux, mais il y a chez lui cette capacité à dire non à la loi qui fait honte, non à la loi contraire à notre morale, capacité que Chavannes nous disait très rare, et très louable. Moi, je veux être de ces gens-là. Je veux avoir le courage de dire non.

Je regarde par la fenêtre et je vois Joko et Nino qui continuent à jouer sous les flocons. Il s'est remis à neiger, mais j'ai l'impression qu'ils s'en fichent. Je les prends en photo avec mon téléphone. Joko a l'air heureux, je le vois qui rigole en dribblant la balle. Je suis sûre que si quelqu'un regardait cette scène sans rien connaître du parcours de ce garçon, il ne pourrait jamais se douter de ce qu'il vit. Cela paraît tellement fou... Tellement insensé... Pourquoi faut-il que Joko reparte alors qu'il pourrait vivre un temps chez nous, s'inscrire à l'école, avoir une vie normale ?

Je les vois maintenant qui rentrent à l'intérieur, lui et mon frère, et j'entends la voix de Nino réclamer un feu et un goûter, obligeant David et maman à faire une trêve. Je reste encore un instant assise sur les marches de l'escalier, ne sachant pas quoi répondre à Julien dont les messages saturent ma boîte vocale.

Julien veut savoir ce qui est arrivé à Joko. C'est bien normal, je comprends, mais quelque chose au fond de moi me retient de lui dire la vérité, et ce quelque chose, c'est évidemment son père. Vincent a beau être l'ami de David, je n'oublie pas qu'il est aussi commissaire, et que son engagement au sein de la gendarmerie passe peut-être avant cette amitié. Qui peut savoir comment les gens réagissent lorsqu'ils sont tiraillés ? Ma mère l'est depuis cette foutue assignation, et, honnêtement, jamais je n'aurais imaginé que la peur de nous perdre balaierait jusqu'à son sens de l'hospitalité. Je ne dis pas qu'elle n'a pas accueilli Joko avec gentillesse, mais moi qui la connais mieux que personne, je sais qu'elle le voudrait n'importe où, mais pas sous son toit. Cela me choque un peu, même si je sais que cette peur est nourrie par le fait que mon père vient nous chercher demain matin. Il nous emmène une semaine à Londres pour les vacances de la Toussaint. Avec cette pandémie, j'ai bien cru que ce séjour allait tomber à l'eau, mais papa veut tellement me faire plaisir qu'il s'est débrouillé pour justifier d'un « motif impérieux » notre voyage. J'aurais préféré qu'il reporte ! J'aurais pu m'occuper de Joko, l'aider dans ses démarches. Il n'y a plus que ça qui m'anime. Il est si doux. Si gentil. Si fragile. Il est quelqu'un qu'on ne peut pas ne pas vouloir aider. Moi, ce que je voudrais, c'est l'accompagner dans un autre département, là où les gens ont les yeux en face des trous et reconnaîtront ce qu'il est, un mineur isolé. David a dit que c'était ce qu'il fallait faire. Il s'est renseigné auprès des gens du Refuge, il paraît que dans l'Ouest, ils sont plus souples, qu'ils accueillent volontiers des réfugiés. Seulement, avec son cabinet, David n'aura jamais le temps de faire le voyage jusqu'à Rennes pour l'accompagner, et maman non plus car elle anime un atelier peinture pendant les vacances scolaires pour se faire un peu de sous.

Mais moi, qu'est-ce qui m'en empêche ? Je pourrais très bien accompagner Joko en Bretagne et l'aider dans ses démarches plutôt que d'aller voir des comédies musicales et faire du shopping à Londres avec mon père… J'en ai tellement plus rien à foutre du shopping… J'ai même honte qu'il ait pu prendre une telle place dans ma vie.

David vient de sortir dans le jardin, je le vois qui fait les cent pas sous la neige, son portable vissé à l'oreille. Qui peut-il appeler ? Un patient ? Son cabinet ? Le Refuge pour savoir s'il n'y a pas un lit pour Joko ce soir ? Si c'est cela, jamais je ne les laisserai faire. Pas question que Joko retourne dans cet endroit surpeuplé alors que nous avons un lit pour lui ici. Je m'y opposerai de toutes mes forces. Je piquerai une crise de nerfs s'il le faut, mais il ne retournera pas là-bas.

Briançon, le 6 octobre

Mon futur enfant chéri,

La vie est si pleine d'imprévus et de surprises... Crois-le ou non, David est venu me rechercher en Italie avec le frère de Lili, le petit Nino qui me fait tellement penser à Cécé, l'enfant de nos voisins à Conakry. Exactement la même malice dans le regard, et cette même bouille de voyou toujours prompte à faire la première bêtise venue !

En tout cas, chapeau à lui : si tu l'avais vu dans la voiture qui nous ramenait en France, allongé sur moi de tout son long et feignant de dormir à poings fermés alors que les douaniers étaient en train d'interroger David, un comédien né ! Mais il s'est bien fait houspiller après, parce qu'à peine avait-on franchi la barrière, qu'il s'était déjà relevé et gueulait, le visage plaqué contre le pare-brise arrière :

— On les a eus ! On les a eus !

J'ai cru que David allait le tuer.

— Non mais t'es malade ! a-t-il hurlé. Recouche-toi, Nino ! Recouche-toi tout de suite ! Jusqu'au bout !

Nino a obéi, seulement sa joie était telle qu'aussitôt arrivé chez lui, il m'a entraîné jusque dans son jardin et embarqué dans une interminable partie de foot. Je n'avais pas joué depuis Lampedusa, et résultat, j'ai bien craché mes poumons !

À Lampedusa, avec Djibri et Koudoulé, on jouait tous les jours pour amuser les gamins tunisiens qui mouraient d'ennui. Où sont passés Djibri et Koudoulé, à présent ? Ont-ils réussi à gagner Paris et Strasbourg, comme ils l'espéraient ? Et si je n'étais pas descendu de ce train à Turin, serais-je encore avec eux ?

Je me suis plu à le croire tout en continuant à dribbler, m'imaginant au cœur de la plus belle ville du monde, Paris, protégé par le grand anonymat d'une capitale immense et magnifique.

Car qui, dans une ville comme Paris, s'intéresse aux clandestins ? Qui leur demande leur âge ? Leurs papiers ? Leur activité ? S'ils ne font pas de vague, personne, j'en suis sûr. Si j'allais à Paris, je pourrais donc vivre sans titre de séjour. Je pourrais vivre libre, c'est-à-dire marcher, travailler, aimer, manger, sortir, danser et retrouver mes amis où j'en aurais envie. Voilà quelles étaient à peu près mes pensées alors que je faisais danser mes pieds autour du ballon.

Nino avait construit une cage avec deux chaises de jardin et j'ai fini par marquer un but en criant « victoire ! ». Nino s'est étalé de tout son long, vaincu, tandis que j'ai effectué un tour de piste au pas de course, le visage offert au ciel qui faisait tomber sur moi de tout petits flocons semblables à des confettis.

— Allez viens, on rentre, a dit Nino, on va prendre un goûter.

Gabrielle nous a servi un chocolat chaud et des tartines, puis elle est montée et nous ne l'avons plus revue jusqu'au soir. Elle s'est fâchée avec David à cause de moi. Ça me gêne. Ces gens m'ont porté secours, en aucun cas je ne veux être pour eux un motif de discorde. Je l'ai dit plus tard à Lili, quand on s'est retrouvés tous les deux dans la cuisine. Nino regardait un dessin animé dans le salon, David avait rejoint son cabinet et je me sentais comme un poids, celui dont on ne sait pas quoi faire. Lili m'a répondu que je devais m'enlever ça de la tête, que tout le monde était très content de pouvoir m'aider, et que si sa mère paraissait soucieuse, cela n'avait rien à voir avec moi. Son inquiétude concernait un conflit qui l'opposait à son ex-mari au sujet de leur garde.

Lili m'a expliqué qu'elle venait d'arriver à Briançon, elle aussi. Ça m'a scié. Jamais je n'aurais imaginé qu'ils n'étaient pas de cette région. Avant, ils habitaient Marseille. Lili m'en a parlé longtemps, comme on parle d'un vieil ami dont on aime tout, même les défauts, comme je lui aurais moi-même parlé de Conakry si je n'avais pas eu peur de verser une larme. À la fin, je lui ai demandé si Marseille était une ville qui accueillait beaucoup de migrants.

— Oui, m'a-t-elle dit, mais je ne les voyais pas.

Plus tard, David est rentré et s'est occupé de me trouver un lit au Refuge pour la nuit. Il (ou Gabrielle ?) ne voulait donc pas que je reste là, seulement il y avait eu beaucoup trop d'arrivées au cours de la journée, toutes les pièces étaient bondées, Anne ne pouvait pas me prendre. Elle a suggéré à David de venir me déposer le lendemain matin à la première heure, promettant de trouver une solution. En attendant, j'allais donc rester là.

Nino a demandé que je dorme avec lui, dans le lit-tiroir adossé au sien, et avant même que sa mère lui donne son accord, il était déjà dans la buanderie à chercher des draps et une couverture. Gabrielle a gentiment fait mon lit. L'observant depuis le pas de la porte, j'ai pensé que tout allait recommencer, que ma vie désormais se résumerait à cela, dormir chez des gens ou dans des associations, essayer d'en repartir, jouer au chat et à la souris avec les gendarmes, parfois leur échapper, parfois être ramené en Italie, avoir la chance inouïe de ne pas mourir, revenir en France, repartir en Italie, réapparaître au Refuge, remplir des fiches, raconter mon histoire, être cru, être mis en doute, repartir, n'avoir plus rien, pas même une once d'espoir et puis ne plus rien vouloir, sinon dormir.

Nous avons dîné tous les cinq. David et Gabrielle semblaient s'être réconciliés. Ils n'avaient pas les gestes tendres que je leur avais vus le jour où ils m'avaient mis dans leur coffre, mais ils se parlaient à nouveau. Lili, elle, me regardait beaucoup, comme une énigme qu'elle aurait voulu résoudre. Quant à Nino, il n'arrêtait pas de faire le clown, coinçant ses frites entre ses lèvres et son nez pour se dessiner une moustache.

Cela faisait longtemps que je n'avais pas vu un enfant s'amuser comme ça. Tous ceux qui m'ont été donnés d'approcher en exil étaient devenus des adultes, je m'en rendais compte maintenant, même les plus petits, même les bébés, comme si quelque chose en eux les avait sommés de ne pas rajouter de problèmes à leurs parents. On les entendait très peu, tels des objets, ils restaient là où on les posait. Nino, lui, était tout l'inverse. Une boule de feu, une tempête d'émotions qui me rappelait ce que nous avions été, nous les petits-enfants Tangara, autour de la table de mes grands-parents maternels.

Mon pépé et ma mémé étaient des paysans. Ils cultivaient le fonio, la céréale la plus pauvre du pays, et ils allaient ensuite la vendre sur le marché de Timbi-Madina. Avec les cousins et les cousines, nous adorions les accompagner. Il fallait se lever tôt mais c'était toujours la même joie d'apprendre à porter un plateau sur la tête, de regarder pépé Diouf négocier les prix de sa marchandise, de jouer pieds nus dans la terre changée en boue par les pluies de la nuit et de s'endormir à l'ombre d'une tige de palmier.

C'était il y a mille ans. C'était une autre vie, un temps dont curieusement je ne garde en mémoire que le meilleur, l'amour des miens, et plus du tout leur misère.

Gabrielle a demandé à Nino d'aller se coucher. Une fois au lit, il a réclamé un baiser et elle est montée le lui donner. Quand elle est redescendue, la sonnette de la porte a retenti.

Sans m'en rendre compte, j'ai dû faire un bond. Il est des bruits auxquels on ne s'habitue jamais.

David, assis à ma droite, a posé sa main sur mon bras :

— Eh, mon grand, tout va bien... Tu ne risques rien ici.

Gabrielle était allée ouvrir. Depuis le vestibule, nous avons entendu une voix d'homme. David s'est levé. Visiblement, cette visite le mettait dans l'embarras, mais quand Gabrielle est revenue dans la pièce avec cet homme, je n'ai pas compris pourquoi : il s'agissait d'Adam, bénévole au Refuge. Il s'était occupé de moi durant les quelques jours que j'avais passés là-bas, avant d'aller à Gap. Un type adorable, et très drôle.

— Salut, Adam, a dit David.

Puis se tournant vers nous :

— Adam appartient à l'association *Tous migrants.* Voici Gabrielle, ma compagne, Lili, sa fille, et Jokojayé, que tu connais.

— Salut, Joko ! s'est exclamé Adam. Ça me fait plaisir de te voir ! Ça va, mon grand ? Tu as pu te reposer un peu ? Tu sais, ce n'est pas parce que tu n'as pas été reconnu comme mineur à Gap que ça ne marchera pas ailleurs. On va t'aider pour le recours. Et si c'est toujours non, tu tenteras ta chance dans une autre région, d'accord ? Il y a plein de solutions, il ne faut pas que tu te décourages.

— Oui, j'ai dit, je ne me décourage pas.

— Mais la prochaine fois, est intervenu David, tu ne diras pas que tu as travaillé pour venir jusqu'ici.

— Pourquoi ? a demandé Lili.

— Parce que c'est le motif du refus. C'est absurde, mais l'Aide Sociale à l'Enfance a jugé que si Jokojayé avait travaillé sur son parcours migratoire, c'est qu'il n'était pas mineur.

— C'est vraiment des bâtards ! a réagi Adam. Pardon, mais ça me rend dingue… Ils savent très bien qu'en Libye, ils mettent les gosses en esclavage…

Sa voix s'est alors brouillée comme chaque fois qu'il est question de ce pays maudit. Sur lui, je ne peux plus rien entendre. Plus rien voir. Lili l'a senti tout de suite et me prenant par le bras, elle m'a dit :

— Allez viens, on monte.

On s'est installés au dernier étage, dans une espèce de véranda qui donne sur la montagne. La vue y est magnifique, surtout quand la nuit est si claire que les sommets enneigés paraissent phosphorescents.

— J'espère que ça tiendra, a dit Lili en parlant de la neige, et j'ai pensé *moi pas*, au cas où je devrais repasser une énième fois la frontière à pied, même si je me suis juré de ne plus jamais le faire. Lili a mis de la musique. Elle voulait me faire écouter des titres qu'elle aimait quand on a entendu la porte d'entrée claquer violemment. Dehors, une voiture a démarré. Les pneus ont crissé sur le gravier, puis quand le silence est revenu, quelqu'un a poussé un cri dans la cuisine. Gabrielle ?

— Je descends, a dit Lili. Je reviens tout de suite.

C'était il y a trente minutes, et je ne sais pas si je dois l'attendre encore, ou bien descendre.

Joko

Briançon, le 6 octobre

Je pars demain à Londres avec mon père et je ne sais vraiment pas dans quel état je vais retrouver maman à mon retour. Elle s'est à nouveau disputée ce soir avec David, de manière très violente. Ça s'est passé après le dîner. Nino était déjà couché, quant à Joko et moi, nous venions de monter dans la véranda quand je l'ai entendue crier en bas. Je suis descendue et je l'ai trouvée seule, la tête dans les mains, adossée au plan de travail alors que, cinq minutes plus tôt, je l'avais laissée avec David et Adam, un bénévole du Refuge Solidaire dont nous avions reçu la visite.

Maman pensait qu'Adam, appelé par David, était venu chercher Joko pour l'emmener au Refuge, ce que j'avais pensé moi aussi, et comme je ne voulais pas que Joko se retrouve à nouveau dans un dortoir avec trente personnes, je lui avais attrapé le bras et nous avions filé en douce. Mais en réalité, maman et moi n'y étions pas du tout : Adam ne venait pas chercher Joko, il récupérait David pour l'emmener en maraude. Ils avaient décidé ça une semaine plus tôt, quand David avait déposé Joko la première fois au Refuge, mais avec tout ce qui s'était passé depuis, il avait complètement oublié ce rendez-vous.

— Et tu as déjà fait ça ? lui a demandé maman. Une maraude ? Non. Mais tu décides de commencer ce soir alors que tu as passé la nuit en garde à vue, que tu vas me laisser seule avec ce môme, et que tu sais que Thierry vient chercher les enfants demain à la première heure. Je n'y crois pas.

— Écoute, a protesté David avec impatience, je me suis engagé auprès d'Adam, il compte sur moi, je ne peux pas le planter comme ça.

— Lui, tu ne peux pas le planter, mais moi, ça ne te pose pas de problème ?

David ne savait plus quoi dire. Il bouillonnait, m'a dit maman, comme un adolescent que des copains auraient attendu dehors pour aller en boîte de nuit.

— Bon, a-t-elle fini par lâcher pour écourter ce moment pénible, si ce qui te manque, c'est ton petit shoot d'adrénaline, alors vas-y, va rejoindre Adam qui t'attend dehors, pas de problème, prends ton blouson et tire-toi.

— Mais qu'est-ce que tu dis comme merde ?

— Je dis ce que je vois. Tu es en train de faire n'importe quoi, David. Tu pètes les plombs, tu ne t'en rends même pas compte.

— Parce que tendre la main à un enfant, c'est n'importe quoi ? C'est ça que tu penses ? Super, a-t-il rétorqué avant d'attraper son blouson et de claquer la porte.

Maman faisait maintenant les cent pas, effondrée, répétant en boucle que c'était vraiment dégueulasse de la cataloguer comme ça dans le camp du mal alors que ce n'était pas le sujet. Bien sûr qu'elle voulait elle aussi que Joko soit sauvé, qu'il ait une vie normale, la vie d'un enfant de son âge avec un toit au-dessus de la tête et l'accès à l'éducation, et elle me disait : *Toi, Lili, tu le sais, au moins, j'espère ? Parce que je ne lui veux que du bien, à ce môme, je te le jure, que du bien, et je serais prête à lui donner mon lit s'il le fallait, mais je n'ai aucune leçon de fraternité à recevoir de personne, et certainement pas de David. Qu'est-ce que David sait de la fraternité et du don de soi, tu peux me le dire ? Il vit seul depuis toujours, il n'a jamais fait que ce qu'il voulait quand il voulait, moi je vous ai, vous, et je ne veux pas vous perdre, est-ce que c'est si compliqué que ça à comprendre ? Merde !*

Elle s'était assise sur le rebord de la fenêtre et elle regardait en direction du jardin, comme pour me cacher ses larmes. Je me suis approchée tout doucement, lovée à ses pieds, et tout bas, je lui ai dit :

— Maman, il faut que tu arrêtes de t'inquiéter comme ça. Personne ne t'enlèvera notre garde, David te l'a dit. Et maintenant, tu as Virginie pour te défendre, l'avocate qu'il t'a présentée. Tu m'as dit toi-même qu'elle était formidable, que tu avais toute confiance en elle. Pourquoi flipper à ce point ? Ce n'est pas parce que David est solidaire de la cause des migrants qu'un juge va décider de t'enlever la garde de tes enfants, maman. Ça n'a pas de sens. Arrête.

— Parce que tu connais, toi, les convictions intimes et politiques de celui ou celle qui aura à juger de notre affaire ? a-t-elle dit. Moi pas. Tout le monde a un point de vue sur le sujet des migrants. Tout le monde croit connaître la solution à adopter : tout ouvrir, tout fermer, tout rejeter, tout repenser ou que sais-je encore ?! Comme si les choses étaient simples et que des vies humaines se réduisaient à des chiffres ! Les gens sont si bêtes. Ce que je te dis, Lili, c'est que nous pouvons très bien tomber sur un juge réfractaire à l'accueil des exilés, et si David se met hors la loi, ce juge me le fera payer à moi en donnant gain de cause à ton père.

— Mais maman, papa n'est pas un facho ! Tu crois quoi ? Qu'il n'a plus de cœur ? Qu'il n'est plus capable d'aucune empathie ?

C'était sorti tout seul, parce que j'avais vraiment l'impression qu'elle ne savait plus avec qui elle avait eu deux enfants, et qu'elle mélangeait tout. La peur lui avait fait perdre la raison. D'ailleurs, elle me regardait, perdue. J'ai poursuivi :

— Papa t'aime toujours, c'est tout. Et il est malheureux que toi, tu en aimes un autre, mais quand il saura que David a sauvé un garçon de mon âge, il ne pourra qu'approuver. J'en suis sûre. Moi, en tout cas, j'approuve à cent pour cent ce que fait David. Et si j'avais dix-huit ans, sache que je serais partie avec lui en maraude. Oui, moi aussi, j'aurais tenté de sauver des vies dans nos montagnes, parce que si tu lis la devise de la France, il y a un mot dedans qui nous y oblige, c'est le mot FRATERNITÉ.

Ce dernier argument, je l'avais piqué à Vanessa dont j'avais écouté le discours alors qu'elle tractait devant notre lycée pour appeler à une marche solidaire à Montgenèvre au retour des vacances. Je le trouvais implacable. Il n'y avait rien à ajouter. Rien à rétorquer non plus. D'ailleurs, ma mère ne rétorquait rien. Elle avait baissé les yeux et j'ai décidé de la laisser avec ça, rejoignant Joko qui devait se demander ce que je fabriquais.

Seulement, Joko n'était plus dans la véranda. S'était-il échappé ? C'est la première question qui m'a traversée, comme si au fond, je considérais que l'exil l'avait à jamais ensauvagé, et qu'aucun geste fraternel ne permettrait de réparer sa confiance esquintée. Mais je me trompais. Il n'était pas parti. Il s'était simplement retiré dans la chambre de Nino, et couché dans le lit-tiroir que ma mère avait installé pour lui ; il dormait comme un bébé. Avant de refermer la porte, j'ai noté que sa bague en argent sertie d'une pierre noire était posée sur la table de nuit. Il avait donc choisi de dormir sans, ce qui était une marque de confiance, mais il avait glissé son sac à dos sous son oreiller comme s'il craignait qu'on le lui vole. De toutes ces nuits dans les gares, les rues, les refuges, cette manie lui resterait peut-être jusqu'à la fin de ses jours, vestige d'une vie de réfugié qui, je l'espérais, serait bientôt derrière lui. Je l'ai regardé encore une seconde, et, en silence, je lui ai promis que je ferais tout pour cela. Tout ce qui serait en mon pouvoir.

Briançon, le 7 octobre

Mon cher enfant à venir,

Dans cette maison du bonheur où, à mon réveil, mon premier regard s'est posé sur le petit Nino endormi au-dessus de moi, je reprends doucement espoir. Je crois que c'est la chaleur de cet endroit, les couleurs tendres des murs, ce sont les étoiles et les planètes que ce jeune garçon a dessinées dessus, l'odeur du bois sec qui crépite dans le poêle, mêlée à celle des épices cuisinées pour le dîner. Et c'est aussi le silence, bien sûr. Oui, ce silence immense, comme une plaine sans fin, que je n'avais plus connu depuis les grandes journées d'ennui de mon enfance, et que la promiscuité m'avait fait oublier.

Ah, la *promiscuité*... Le mot qui, à mes yeux, définit le mieux ce qu'est une vie de migrant, je m'en rends compte à présent. Car migrer, c'est bien cela, la vie intime ouverte aux quatre vents, le partage de tout et même de rien – partage de l'espace, du temps, du bruit, de l'ennui. Migrer, c'est l'impossibilité de faire taire le monde autour et la solitude toujours empêchée. Ô, douce et chère solitude que je retrouve enfin ici... Quelle joie ! Quel bonheur ! Je voudrais passer une année entière enfermé dans cette maison pour me laver de toute cette promiscuité que j'ai subie depuis mon départ de Guinée, mais peut-être qu'une année ne me suffirait même pas.

Je t'écris, mon enfant, depuis la salle de bains où je me suis enfermé pour ne réveiller personne. Je suis assis sur les toilettes et j'admire l'aube naissante qui caresse la terre de sa douce lumière. Je la regarde au travers d'une fenêtre en forme de cercle qui donne sur le jardin.

Hier, la pelouse était toute verte, et maintenant, elle est blanche. Mais d'une blancheur qui n'a rien à voir avec la neige dans laquelle les gendarmes français m'ont jeté l'autre nuit, et où j'ai bien cru que j'allais me noyer. Ce blanc-là, c'était celui d'un linceul. C'était un blanc pour mourir, alors que celui qui se déploie devant mes yeux maintenant est le blanc d'une nouvelle page, celle que je veux écrire ici, dans ce pays. Je le dirai aujourd'hui à ta grand-mère, et je sais qu'elle sera heureuse d'entendre du soleil dans ma voix.

En attendant, je pense à ton oncle Ismaël, mon frère adoré. Il aurait dû être avec moi, tu sais. Oui, il aurait dû humer lui aussi le parfum de cette paix retrouvée, alors je m'efforce d'ouvrir grands mes poumons et de respirer pour deux. C'est tout ce qu'il aurait voulu.

Jokojayé

Eurostar, le 8 octobre

Me voilà dans L'Eurostar qui file vers Londres, assise derrière mon père et mon frère, les boyaux retournés d'angoisse : Joko a disparu hier matin et, à l'heure qu'il est, nous ne l'avons toujours pas retrouvé.

Hier matin, avant de quitter Briançon, nous nous sommes réveillés vers huit heures, Nino et moi. Joko était dans la salle de bains. J'ai frappé à la porte et je lui ai proposé de descendre avec nous prendre le petit déjeuner. Il m'a répondu qu'il n'avait pas très faim. Je pense qu'il était gêné. Nous sommes donc descendus sans lui. Maman était déjà debout, elle lavait ses pinceaux dans l'évier. Au sol, une toile immense et sombre qu'elle venait de terminer luisait encore. Cela m'a rappelé l'époque où elle s'est séparée de papa. Elle ne dormait plus et passait ses nuits à peindre des toiles semblables, gigantesques, chargées de son chagrin et de sa colère. Peindre l'a toujours aidée à encaisser les épreuves. Après que David est parti avec Adam en maraude, elle a ressorti son matériel et peint toute la nuit en l'attendant. Mais au matin, David n'était toujours pas rentré et à sa très grande inquiétude s'est ajoutée la fatigue. Malgré tout, elle a demandé où était Joko. J'ai dit *en haut* et elle est montée le chercher. Ça m'a fait plaisir.

Joko est redescendu avec elle. Il s'est assis à table avec nous. Il a pris un thé, un jus d'orange, et, sur mes conseils, goûté la confiture à l'orange amère de ma grand-mère. *Ma préférée au monde !* Lui ne l'a pas aimée du tout et nous avons ri. Je lui ai refait une tartine avec du beurre seulement, puis ma mère est venue s'asseoir avec nous et lui a demandé s'il avait un contact au Refuge qui pouvait venir le chercher.

— Je préfère attendre David, a répondu Joko.

— Je comprends, a rétorqué maman, mais tu vois bien, je n'arrête pas de l'appeler et il ne répond pas... Je ne sais pas où il est, David.

Je l'ai coupée :

— Maman, c'est bon ; il vient de te dire qu'il l'attendait.

Ma mère s'est tue, embarrassée. Mon père devait arriver deux heures plus tard, et l'idée qu'il puisse rencontrer Joko la stressait vraiment. Comme s'il n'avait pas pu être un de nos camarades ; comme si, sur son front, était écrit le mot *clandestin* ! Ça me rendait dingue. D'autant que si l'on pouvait accueillir des exilés au Refuge qui se trouvait à deux kilomètres, pourquoi n'étions-nous pas autorisés à en héberger un chez nous ? Cela n'avait aucun sens. J'aurais aimé le dire à ma mère, mais je ne voulais pas mettre Joko plus mal à l'aise encore, alors j'ai gardé mes remarques pour moi. Nino, lui, n'a pas lâché le morceau.

— Tu sais combien de temps Joko a mis pour venir de son pays ?

— Non...

— Vas-y, Joko, dis-lui.

— Presque deux ans.

— Et combien de pays tu as traversés ? Dis les pays, déjà ?

Joko s'est exécuté – le Mali, le Burkina Faso, le Niger, la Libye, l'Italie – et j'ai compris alors qu'ils avaient parlé de ça ensemble, peut-être quand ils avaient joué au foot dans le jardin, plus tard en prenant leur goûter ou même au cours de la nuit puisqu'ils avaient partagé la même chambre. Nino en savait donc plus que moi… Je me suis levée pour débarrasser mon assiette. Nino a demandé à maman à quelle heure exactement papa venait nous chercher. J'ai entendu *dix heures*, puis maman s'est assurée que Nino avait bien préparé toutes ses affaires, son petit sac de voyage mais aussi son sac de classe pour pouvoir faire ses devoirs, et tandis que Nino lui répondait en faisant le clown et que je rinçais mon assiette, j'ai vu par la fenêtre deux policiers entrer chez nous, traverser le parterre de graviers qui sépare le portail de la maison, et se diriger droit sur notre porte d'entrée. J'ai cru un instant que je rêvais. Mais non, c'était bien deux gendarmes.

Je me suis tournée vers la table où étaient toujours assis Nino, Joko et maman, et d'une voix blanche, je leur ai dit :

— Y a la police.

Dans la seconde qui a suivi, le visage de Joko est devenu l'autre nom de l'effroi. Il s'est figé, comme un lapin pris dans les phares d'une voiture. Puis l'instinct de survie a repris le dessus et je l'ai vu bondir vers la porte du jardin. Une seconde plus tard, sa chaise était vide. Il avait disparu.

Maman est allée ouvrir aux gendarmes.

Ils cherchaient David.

Ils ont demandé s'il habitait ici.

Maman a répondu : *non*, puis bafouillé qu'en pratique si, il avait encore son appartement, mais il passait le plus clair de son temps chez nous. Elle a dit ensuite qu'il n'était pas là car il était parti très tôt pour des visites à domicile, et je me suis demandé pourquoi elle mentait. Était-ce interdit aussi de participer à des maraudes solidaires ? Ou ma mère avait-elle si peur de l'autorité qu'elle avait intégré un interdit qui n'existait pas ? En voulant quitter la table, Nino a cassé une assiette. Le fracas de la porcelaine sur le sol a fait tressaillir maman et elle en a profité pour écourter l'interrogatoire. Avant de la saluer, les gendarmes lui ont demandé de faire part de leur venue à David, ils l'attendaient à la gendarmerie.

L'heure qui a suivi a été atroce. Nous l'avons passée à fouiller la maison et le jardin de fond en comble, à répéter le prénom de Joko comme une litanie, à lui dire qu'il pouvait sortir de sa cachette, que les gendarmes étaient partis, qu'il ne risquait plus rien, mais personne ne nous répondait et nous ne l'avons trouvé nulle part. C'était sûr, il avait quitté la maison.

Nous avons appelé David au moins une trentaine de fois. Il était toujours sur messagerie. Le Refuge ne répondait pas non plus, nous étions perdus. Nous ne savions pas quoi faire. Mon père devait arriver d'une minute à l'autre. Je n'avais toujours pas fermé ma valise. Ma mère était en panique. Elle me suppliait de m'activer quand de mon côté, je lui ordonnais de rappeler encore le Refuge, persuadée que Joko y était puisque c'était le seul endroit, avec notre maison, qu'il connaissait dans Briançon. Mais ma mère rechignait. Elle disait qu'elle venait d'appeler, ce qui était vrai, qu'il valait mieux se calmer et attendre, Joko était sans doute caché dans les parages, il allait revenir.

— Mais qu'est-ce que t'en sais ? ai-je hurlé.

Ça n'était pas mon intention. D'abord parce que je voyais bien que maman était sincèrement inquiète pour Joko, elle aussi, et qu'au fond je me disais comme elle : *Il va revenir, bien sûr qu'il va revenir, il ne peut pas en être autrement,* mais le stress et la peur avaient pris la commande de ma voix ; je ne la maîtrisais plus.

Maman a attrapé son portable. Et c'est alors que David, comme un mirage, a fait son entrée dans le salon.

— Mais qu'est-ce qui t'est arrivé ? a demandé Nino. Tu t'es battu ?

Il avait le premier remarqué le coquard que David avait à l'œil gauche.

J'ai dit :

— Joko a disparu.

— Quoi ? Comment ça, il a disparu ? Ça veut dire quoi, disparu ? a rétorqué David.

— Les flics sont venus pour toi, a enchaîné maman. Ils te cherchaient.

— Alors Joko a pris peur, a expliqué Nino, et il s'est enfui.

— Tu peux me dire ce qu'ils te voulaient ? a demandé maman.

Elle n'a obtenu de David qu'un vague : *je t'expliquerai*, puis son portable a bipé : c'était mon père. Il était là, garé devant le portail, il nous attendait.

À la hâte, Nino et moi avons rassemblé nos affaires. Ensuite, chacun a fait comme il a pu pour gommer l'inquiétude sur son visage et nous avons quitté la maison. Papa était adossé à sa voiture. Il a marché vers nous, trop heureux de nous retrouver, mais dès qu'il nous a pris dans ses bras, il a compris que quelque chose ne tournait pas rond et trois fois, il nous a demandé ce qu'on avait.

— Rien, a menti maman. Tout va bien, on est juste un peu tombés du lit ce matin…

Avec l'assignation en cours, l'ambiance était vraiment tendue entre eux. Ils ont échangé quelques banalités sur l'organisation, puis tandis que papa chargeait le coffre, maman nous a embrassés et souhaité de bonnes vacances. J'ai réussi à lui faire discrètement promettre de me donner des nouvelles de Joko dès qu'elle en aurait. Elle a chuchoté : *Oui, promis, dès que je sais quelque chose, je t'appelle,* ensuite de quoi nous sommes montés dans la voiture et je l'ai vue regarder en direction du trottoir d'en face, et devenir blême. Je me suis immédiatement tournée vers le pare-brise arrière. La rue était déserte. Il n'y avait que la voiture de David, garée à cheval sur le trottoir et la chaussée.

— Qu'est-ce qui t'arrive ? a demandé mon père. Il y a un problème ?

Nous pouvions l'entendre grâce à la vitre à moitié baissée à l'avant. Il s'était planté devant ma mère, son visage à quelques centimètres du sien, et comme elle n'arrivait pas à lui répondre, il a dit, tremblant :

— Sympa, Briançon ? Ta petite vie, ta petite maison, ton jogging, ton petit kiné… ?

— Arrête, l'a-t-elle coupé.

— Qu'est-ce qu'il y a, il n'est pas kiné ? Tu vas me dire que t'es heureuse, ici ? Combien de temps ça va durer, cette connerie ?

Ma mère avait regardé à nouveau en direction de la voiture de David. Elle était livide. J'avais l'impression qu'elle allait s'évanouir.

— Bon, il faut que j'y aille, a-t-elle dit. Vous m'appelez quand vous arrivez.

Et sans même nous faire, comme d'habitude, un dernier petit signe, elle a regagné la maison.

J'ignore ce qui a pu l'inquiéter à ce point. Tout le voyage, je me suis posé la question. Dans le train qui nous a conduits à Paris, je lui ai envoyé plusieurs textos, puis, arrivée à Gare du Nord, je l'ai appelée, mais je suis chaque fois tombée sur sa messagerie. Pareil ce matin. Cela lui ressemble si peu de ne pas me rappeler. David, à qui j'ai laissé aussi deux messages, ne m'a pas répondu non plus. Je pense que je vais appeler mes grands-parents. Il faut que je les tienne informés. On ne sait jamais, il s'est peut-être passé quelque chose de grave.

Oh, mon Dieu… J'aurais tellement voulu rester à Briançon et retrouver Joko. Qui sait où il a dormi cette nuit, par ce froid… Rien que d'y penser, ça me rend malade.

Londres, le 9 octobre

Ça y est, après tous les tests Covid de la terre, je suis arrivée à Londres et j'ai enfin pu parler à ma grand-mère, et ensuite à ma mère. Comme je m'en doutais, elle était là-bas. Elle s'y est réfugiée depuis notre départ car elle s'est séparée de David après une énième dispute. C'est arrivé juste après que nous sommes partis. En fait, ce que maman avait vu, sur le trottoir d'en face, quand elle parlait avec papa, c'est une silhouette qui bougeait dans la voiture de David. Convaincue qu'il s'agissait de Joko, elle a regagné la maison en courant pour le prévenir, et là, David a répondu :

— Non, c'est pas Joko. C'est un autre.

— Un autre quoi ?

— Un autre migrant.

Maman était sous le choc. Elle n'en croyait pas ses oreilles.

— Et tu comptais l'amener ici ?

— Non, a répondu David, à l'hôpital. Il est blessé à la jambe. On l'a secouru cette nuit, il était en train de se faire embarquer par les Identitaires. C'est pour ça que j'ai un coquard. On s'est battus avec eux, on a pris de mauvais coups, mais on a réussi à les faire fuir. Ils sont allés porter plainte pour se venger, c'est sûr, ils voyaient très bien qui j'étais, d'où la visite que tu as reçue des gendarmes...

— Ils ont demandé que tu ailles les voir, a dit maman.

— J'irai, pas de problème.

— David...

— J'irai, je te dis ! Mais là, il y a plus urgent : ce pauvre gars que j'ai dans mon 4 × 4 doit voir un médecin, sa blessure n'est pas belle. Et je ne peux pas traverser la ville avec ma voiture. C'est trop risqué, mes plaques sont repérées. Il faut que tu me passes la tienne.

J'aimerais pouvoir écrire que ma mère a donné ses clefs tout de suite, sans réfléchir. Parce que c'est ce qui me paraît juste. Parce que c'est ce que moi, j'aurais fait, mais je crois que ma mère était bien trop sous le choc de tout ce qui s'était passé depuis la veille – le passage de la frontière avec mon frère endormi à l'arrière comme alibi, la maraude, la visite impromptue des gendarmes, la disparition de Joko et pour finir cet exilé caché dans la voiture de David tandis que mon père était en train de lui demander quand toutes ses conneries allaient se terminer – pour pouvoir encore se mettre en danger. Elle ne voulait plus de danger. Elle était à bout de nerfs et d'angoisse. Elle avait juste besoin de réconfort, mais après la nuit qu'il venait de traverser et le risque qu'encourait toujours ce garçon blessé, David n'était pas en mesure de s'occuper d'elle.

— Alors je lui ai dit de dégager, m'a dit maman. De foutre le camp de chez moi, et de ne plus jamais revenir. Et je l'ai dit en hurlant si fort que je ne me suis pas reconnue.

Évidemment, elle n'avait aucune nouvelle de Joko. Nous avons raccroché. Tout de suite après, j'ai laissé un message à David pour lui dire que même si c'était terminé avec maman, moi je l'aimais beaucoup et j'étais d'accord avec ce qu'il faisait. Je lui ai demandé de me prévenir quand il retrouverait Joko. Cinq minutes plus tard, il me laissait ce texto :

Ma chère Lili,

Merci pour ton message qui me touche beaucoup. Malheureusement, je ne sais pas où est passé Joko. Personne ne l'a vu au Refuge, ni Chez Jésus en Italie où je suis retourné cet après-midi. Mais je ne perds pas espoir. Je continue à quadriller la ville et ses environs pour le retrouver, et dès que je serai avec lui, nous t'appellerons.

C'est promis.

David.

Ce soir, en rentrant du London Eye où papa nous a emmenés pour contempler la ville vue d'en-haut, Nino s'est blotti contre moi sous les draps, et il m'a demandé :

— Tu crois que la chance, dans la vie, peut revenir deux fois ? Tu crois que Joko, il pourra encore être évité par une voiture, s'il traverse sans regarder comme avec nous ?

Nino ne dormait donc pas le jour de l'accident. Il avait tout vu, tout entendu, mais il ne nous avait rien dit.

Je l'ai serré fort dans mes bras et je lui ai répondu que oui, je n'avais aucun doute, la chance reviendrait, mais maintenant, mes certitudes vacillent. La chance, n'est-ce pas le Père Noël pour les grands ?

Londres, le 10 octobre

Aujourd'hui, nous avons assisté à la relève de la garde à Buckingham Palace. Aucun de ses membres ne portaient de masque, ce qui est mieux pour les photos ! Ensuite, nous nous sommes promenés dans Hyde Park puis plus tard dans le quartier des puces, à Portobello, et même si c'était sympa, j'étais là sans y être, me repassant en boucle le scénario de ces derniers jours.

Je m'en veux tellement d'avoir dit cette phrase qui a tout déclenché : *Il y a la police…* Car si je m'étais tue, tout aurait été différent, c'est sûr. Maman serait allée ouvrir sans savoir à qui, nous aurions écouté la conversation depuis la cuisine sans faire de bruit et Joko ne se serait jamais échappé. Où peut-il être, à présent ? Dans la rue ? Dans la nature ? Dans une autre ville ? À Lyon, à Marseille, à Paris ? On parle maintenant d'une deuxième vague, d'un deuxième confinement, ce qui serait terrible pour les plus fragiles comme Joko… J'ai tellement peur pour lui. Et ce qui me tue, c'est que nous ne pouvons même pas signaler sa disparition, comme nous le ferions pour n'importe quel mineur. Dans notre société, la vie d'un étranger clandestin ne vaut donc rien.

Ce soir, j'ai reçu un message de Julien. Très dur. Il m'a écrit que finalement, j'étais comme les autres qui le cataloguaient d'entrée de jeu, parce qu'il était fils de gendarme, et j'ai eu honte de ne pas lui avoir donné de nouvelles. Je l'ai rappelé pour m'excuser. Je lui ai dit que j'étais à Londres, et je lui ai raconté tout ce qui s'était passé avec Joko. Il est resté un moment sans voix, il n'y croyait pas. Il a dit qu'il était désolé.

Mon père me trouve triste, ailleurs, il ne comprend pas pourquoi. Il est gentil, chaque jour, il essaie de nous faire plaisir. Demain, il nous emmènera visiter les studios *Harry Potter*. Je me demande si Joko sait qui est Harry Potter. Je pose la question à Nino. *Ben ouais*, me répond-il, *tout le monde sait ça* ! Il doit avoir raison. En tous cas, où que se trouve Joko, c'est à lui que nous pensons ce soir.

Londres, le 11 octobre

J'ai encore parlé à maman aujourd'hui.

Elle n'a toujours pas revu David depuis leur dispute et reste sans nouvelles de Joko.

Ça fait cinq jours, maintenant, qu'il a disparu.

Cinq jours sans un centime sur lui, ni même un blouson sur le dos. Il n'y a plus qu'à prier pour qu'il ait atterri dans une association ou été recueilli par quelqu'un.

Londres, le 12 octobre

Sixième jour.

Aucune nouvelle.

Londres, le 13 octobre

Septième jour.

Londres sous la pluie.

Obligés d'annuler le programme prévu.

Je regarde la météo de Briançon sans arrêt.

Par chance, l'épisode neigeux est derrière nous, les températures sont même remontées au niveau de cet été. Si Joko est dehors, il a peut-être une chance de ne pas finir congelé.

Parlé à maman tout à l'heure.

Elle a reçu la date d'audience chez le juge pour statuer sur notre garde, ce sera le 4 novembre. En France, la rumeur d'un deuxième confinement est de plus en plus sérieuse, mais à ce qu'il se dit, les tribunaux resteraient ouverts. En tous cas, si je veux être entendue, il paraît que je peux, j'ai quinze ans.

Mais qu'est-ce que j'irais dire ? *Bonjour, madame la juge, je choisis mon père. Ou bien non, en fait, je vais plutôt choisir ma mère parce que je la préfère ?*

Bande de débilos…

Papa a dû recevoir la convocation, lui aussi, mais il ne nous en a pas touché un mot. Comme si ça n'existait pas. Tabou absolu. J'aimerais pourtant qu'on mette le sujet sur la table. Oui, j'aimerais lui dire que nous ne sommes pas des objets, Nino et moi, et qu'en dépit de tout l'amour que nous lui portons, maintenant que nous avons été « déménagés » à Briançon sans que personne nous demande notre avis, nous aimerions au moins y finir l'année.

Je voudrais aussi lui parler de Joko, mais je ne trouve jamais le moment. Pourtant, je ne me sens en faute de rien. Bien au contraire. Alors pourquoi lui cacher la vérité ? D'autant que si nous ne retrouvons pas Joko, je serais bien incapable de quitter la région. Ce serait comme abandonner le navire. Et cela, mon père doit en avoir conscience en allant à l'audience, sinon il se battra pour nous récupérer et je pourrais bien être obligée de repartir à Marseille.

Je lui parlerai demain, avant qu'on reprenne le train.

C'est décidé.

Je demande à Julien de m'envoyer de la force, je vais en avoir besoin.

Eurostar, le 14 octobre

— Aider des migrants à passer la frontière, c'est pas s'engager, Lili ; c'est se mettre hors la loi. Maintenant, si tu veux t'engager, pas de problème. Tu vas aider au Refuge, tu sers la soupe, tu fais le ménage, tu donnes des cours de français, tu offres des vêtements, des livres, des jouets, mais tu ne mens pas à la police et tu ne caches pas quelqu'un dans ton coffre, ni dans ta maison.

Voilà la réponse de mon père à ma longue tirade… Il n'était donc pas furieux… En tout cas, il feignait de ne pas l'être. Il ne me parlait que de la loi, comme maman, alors j'ai pris le temps de lui expliquer le problème : dans un territoire frontalier comme le nôtre, aider des réfugiés en montagne, même quand on veille à bien rester côté français, aux yeux de la police, cela revient toujours à les aider à passer la frontière. Car pour eux, et là est le point vraiment dégueulasse de cette histoire, la frontière n'est pas une ligne, elle est une bande de dix kilomètres qui court jusqu'à Briançon. Résultat, lorsqu'ils attrapent un exilé dans cette zone, les gendarmes le renvoient en Italie en dehors de toute procédure légale, considérant qu'ils ne procèdent pas à une reconduite à la frontière, mais à une non-admission sur le territoire français – toute la perversité du système.

— Et toi qui accordes tant d'importance à la loi, ai-je enfin dit à mon père, sache que dans cette bande de dix kilomètres, il n'y en a aucune. C'est le Far West. Les flics jouent aux cow-boys, et les exilés, à cause du froid, perdent parfois leurs pieds, les doigts de leurs mains, ou leurs oreilles. Or, si ceux qui sont au pouvoir prenaient la courageuse décision de mettre fin à cette zone de non-droit, il n'y aurait plus de problème. Le droit d'asile s'appliquerait normalement, et les candidats refoulés ne seraient pas jetés dans la neige comme des chiens, mais reconduits à la frontière dignement, dans les conditions prévues par la loi.

Mon père m'a regardée sans dire un mot, et j'ai senti que me découvrir une telle connaissance du sujet le stupéfiait. Il ne pouvait pas me le dire, mais il était admiratif. Depuis mon entrée dans l'adolescence, il m'a souvent reproché de ne m'intéresser à rien, de passer ma vie sur les réseaux sociaux et de ne me soucier que de ma petite personne, alors que lui, dans sa jeunesse, avait sa carte au parti communiste et manifestait contre la peine de mort. C'était en 1981, il avait dix-huit ans et votait pour la première fois. Depuis, il a bien viré à droite, c'est sûr, mais se rendre compte que j'ai des convictions le touche. D'ailleurs, il a fini par me dire :

— Je comprends ta colère, ma fille. Moi aussi, à ton âge, j'avais la même, et comme toi, l'envie de changer le monde. Mais dans ce que tu me racontes, ta mère, ton frère et toi risquez d'être entraînés dans un combat qui vous dépasse. Vous ne pouvez pas vous battre contre les forces de l'ordre. Elles sont plus puissantes que vous, elles vous écraseront, et je ne veux pas que mes enfants soient écrasés, broyés. Je le dirai à ta mère. Quels que soient ses choix de vie, je veux qu'elle vous protège. C'est son devoir.

— Mais le 4 novembre chez le juge, papa, qu'est-ce qui va se passer ?

Il m'a fixée un moment, sans rien dire, avant de détourner le regard vers la campagne anglaise qui défilait derrière la fenêtre de l'Eurostar. Le ciel était gris, les champs laiteux – le même brouillard que dans nos vies. Papa avait l'air tellement triste.

— Il ne se passera rien, a-t-il fini par murmurer. On fera ce que ta mère veut. Ce que vous voulez, vous. Tu sais, je ne suis pas très fier de cette assignation. Mais quand on souffre, on fait parfois des conneries.

Je l'avais compris sans qu'il ait besoin de le dire. J'ai souri pour le remercier, et je me suis mise à pleurer.

Briançon, le 1er novembre

Voilà deux semaines que je suis rentrée à Briançon. Il y a trois jours, le président a décidé de mettre en place un deuxième confinement, avec à nouveau une attestation de déplacement à présenter pour sortir de chez soi. Mais l'école continue. Je n'ai pas écrit depuis mon retour car je n'en ai pas eu la force. J'écris maintenant, une dernière fois, pour poser les choses telles qu'elles se sont déroulées, et ne jamais les oublier.

À notre retour, Julien m'attendait avec maman à la maison. Ni l'un ni l'autre ne m'avaient prévenue et j'en ai été surprise. Papa a demandé à maman s'il pouvait entrer pour avoir une discussion avec elle, ce qu'elle a accepté, tandis que Julien me proposait qu'on aille se poser dans le grand champ derrière la maison. J'ai dit : *D'accord* et nous avons marché un petit moment, puis nous nous sommes assis sur un talus face aux montagnes.

Julien m'a alors demandé comment s'étaient passées mes vacances, puis deux ou trois choses sur Londres dont je sentais bien qu'il se fichait. Il n'arrivait simplement pas à aller droit au but. Je l'ai laissé tourner encore un peu autour du pot, et très vite un silence poisseux nous est tombé dessus.

— Qu'est-ce qui se passe ?

Il a alors pris ma main dans la sienne, et d'une voix si fragile qu'elle m'a fait penser à du cristal qu'un son trop aigu aurait pu briser, il s'est mis à me parler. Je me souviens de chacun de ses mots, comme si on me les avait tatoués dans le cœur.

Il a dit :

— Lili, il s'est passé un drame en ton absence. Jokojayé a sauté dans la Durance pour échapper à un énième contrôle de police. Il ne savait pas nager. L'eau était glaciale. Il a été emporté par le courant et quelques jours plus tard, son corps a été retrouvé sans vie, au barrage de Prelles. Jokojayé est mort, Lili. Je suis tellement désolé.

Joko est mort.

Il avait quinze ans.

Il avait mon âge et la vie devant lui.

Je n'ai plus rien à dire, ni à écrire.

LA COLÈRE

Briançon, le 15 novembre

Mes enfants sont rentrés de Londres et il a fallu leur annoncer la terrible nouvelle. C'était il y a déjà un mois. Julien était à mes côtés pour les accueillir, il voulait le dire à Lili. Il me l'avait demandé le jour de l'hommage à la Durance. Il était venu avec son père et j'avais trouvé ça bien que Vincent soit là, même si pour David, sa présence aura rendu le moment plus compliqué encore. David n'arrivait pas à ne pas lui en vouloir. À ses yeux ce jour-là, Vincent n'était plus l'ami, mais un chasseur de migrants.

Quand la voiture de Thierry s'est garée devant chez nous, Julien est tout de suite allé à la rencontre de Lili et l'a emmenée dans le champ derrière la maison. De mon côté, je me suis occupée de Nino, puis avec Thierry, nous nous sommes isolés dans la véranda du dernier étage pour parler. C'est lui qui le souhaitait. De cet endroit, nous avions une vue plongeante sur Julien et Lili assis sur le talus au milieu du champ. Le nez collé à la vitre, j'ai raconté à Thierry que nous avions secouru un jeune migrant, et que ce jeune migrant avait été retrouvé noyé dans la Durance.

Je l'ai dit parce que je me moquais désormais de ce qu'il pouvait penser, ou même de ce qu'il pourrait faire de cette information. La mort de Jokojayé avait remis les choses à leur juste place, et je pensais désormais ne pas avoir à rougir d'être solidaire, bien au contraire. La solidarité et la fraternité sont des valeurs que je veux transmettre à mes enfants. Après ce que nous avons traversé, cela ne fait plus aucun doute à mes yeux, quel que soit le prix à payer. Et ça aussi, je l'ai dit à Thierry alors que notre fille était en train de s'effondrer sous nos yeux. Aurait-elle mieux réagi si je lui avais annoncé, moi, la nouvelle ? M'en aurait-elle moins voulu par la suite ? Je ne sais pas. De toute façon, je ne sais plus rien depuis que cet enfant est mort.

Le jour où David est venu me l'annoncer, nous ne nous étions plus reparlé depuis au moins dix jours, et j'ai eu l'impression qu'une bombe éclatait dans mon salon. Ce que j'ignorais, c'est que cette bombe nous pulvériserait tous.

J'ai cessé de tenir un journal le jour où j'ai eu ma titularisation – j'avais vingt-trois ans – comme si la fin de mon journal sonnait le début de ma vie d'adulte, et sans doute est-ce parce que l'adulte que je suis devenue vient de voir voler en éclats tous ses repères que j'ai éprouvé le besoin de le rependre. Je crois qu'écrire me fait du bien. Cela m'aide à ne pas sombrer. À mettre des mots sur le chaos qui m'habite, et à tenter de trouver des réponses à cette mort si injuste, et si absurde.

Comment Jokojayé a-t-il pu mourir ainsi ?

Par quel enchaînement de nos piètres actions s'est-il retrouvé à nouveau en situation de prendre un tel risque ?

Quelle est notre faute à tous ?

Et surtout quelle est la mienne ?

Question qui m'obsède.

Quoi que je fasse, elle me revient à l'esprit telle une ritournelle diabolique, me sommant d'y répondre. Et puisque je n'y parviens pas, la nuit, j'entends cette voix de gendarme dans le haut-parleur et je vois ce môme emporté par le courant, son corps telle une poupée de chiffon se cogner contre les rochers au gré des remous. Je me réveille en nage, et souvent en pleurant.

David est gentil, il dit que je n'ai aucune raison de me sentir coupable, que je ne suis en rien responsable de la venue des gendarmes et de la peur que Joko en a eue.

— Le seul qui peut s'en vouloir ici, me répète-t-il, c'est moi.

Il ne se pardonne pas de l'avoir laissé pour partir en maraude avec Adam, et surtout de s'être battu avec les Identitaires qui sont ensuite allés porter plainte, déclenchant la visite des forces de l'ordre à la maison. Et qu'il ait cette nuit-là sauvé un autre exilé ne lui est d'aucun réconfort.

Lili, elle, se reproche d'être allée à Gap. Elle ne démord pas de l'idée que si elle n'avait pas répondu à l'appel de Joko, il aurait été recueilli par une association et peut-être envoyé dans un centre de rétention, mais il serait en vie. Elle a sans doute raison. Quant à mon petit Nino, il me demande régulièrement où est Joko, à présent, pour pouvoir lui parler, et « dans le ciel » n'est pas une réponse que j'ai envie de lui donner. Pourquoi lui cacher la vérité ?

Jokojayé est enterré au cimetière de Prelles, tout au fond du deuxième carré, bien à l'écart des autres tombes. Quand on a vu cela le jour de l'enterrement, j'ai bien cru que David allait devenir fou, mais les gens du Refuge ont su trouver les mots pour le calmer – c'était déjà un bel exploit qu'il puisse être enterré là. Le maire de Prelles avait en effet beaucoup bataillé auprès d'une partie de ses administrés – des gens proches des Identitaires qui défendaient la fermeture des frontières –, et ce compromis avait été trouvé : oui pour enterrer Jokojayé dans le cimetière, mais à condition qu'il soit tout au fond de la partie encore inoccupée. Fallait-il se réjouir de cela ?

C'était tout de même d'une tristesse immense de voir que, même au royaume des morts, cet enfant devait demeurer à la périphérie de la communauté. Nous n'étions pas capables de lui faire une place.

J'irai sur sa tombe demain, avec Nino. Il me l'a demandé. Il veut y déposer des pierres sur lesquelles il a peint des soleils, et des arcs-en-ciel. Le psychologue que nous avons consulté dit que c'est très bien, que c'est sa façon à lui de faire son deuil et qu'il ne faut surtout pas l'en empêcher. J'ignore si Lili viendra avec nous. Je ne pose pas de question. Je l'écoute quand elle a envie de parler. Quand elle y arrive. Mais sa colère est telle que j'ai l'impression de la perdre un peu plus chaque jour.

Elle passe désormais tous ses week-ends au Refuge, elle y sert les repas, aide au rangement des chambres, organise des activités pour les plus jeunes. Anne, qui dirige les lieux, m'a dit l'autre jour qu'elle était épatée par son niveau d'engagement. Je le suis aussi. Elle est encore si jeune… Avec Vanessa et Madani, deux de ses camarades de classe, ils ont organisé une collecte de fonds sur change.org au profit de *Tous migrants,* et réussi à récolter plusieurs milliers d'euros en quelques jours. Même David, avec toute la rage qui l'habite, n'aurait pas fait mieux.

David a tellement changé… Ce drame a logé dans son cœur une amertume que je n'aurais jamais soupçonnée, un dégoût pour le système qui parfois m'effraie. Comme s'il ne pouvait plus croire en rien. Comme si même ses camarades du Refuge ne trouvaient plus grâce à ses yeux, excepté peut-être Adam avec qui il continue de faire des maraudes chaque semaine. Désormais, il héberge les exilés qu'il secourt dans sa bergerie. Il sait pourtant qu'il n'a pas le droit de le faire et que si les forces de l'ordre viennent lui rendre visite, il pourra être inquiété pour « aide à l'entrée illégale d'étrangers sur le territoire français », son mazot se trouvant dans la fameuse bande frontalière des dix kilomètres entre Clavière et Briançon, mais il s'en fiche. Il dit qu'entre ces lois absurdes et sa morale, il choisira toujours sa morale. Et que l'Histoire jugera.

Le week-end dernier, je suis montée au mazot avec lui pour apporter des vivres à une famille de Syriens. Ils étaient cachés là depuis une semaine, le père, la mère, les deux enfants et le grand-père dans huit mètres carrés, avec interdiction formelle de mettre le nez dehors avant la tombée de la nuit.

Pour amuser les petits, j'ai vu David faire danser ses mains en ombres chinoises sur le mur, mimer un élan, un oiseau, une tortue, et les enfants rire alors que dehors, vrombissaient les pales des hélicoptères de la gendarmerie.

Dans quel monde vivons-nous pour que certains puissent penser que cet homme que j'aime se trompe ? Combien d'autres enfants morts nous faudra-t-il pour reconnaître que nos lois qui considèrent la solidarité comme un délit, alors même que la fraternité figure parmi les trois piliers de notre devise républicaine, sont absurdes, bonnes à jeter ?

Ici, à Briançon, la disparition tragique de Joko nous a tous réveillés. Nous ne voulons pas que nos montagnes, après la Méditerranée, deviennent le deuxième cimetière de l'Europe. Et je sais que notre rage et notre colère seront suffisantes pour faire bouger les choses. C'est-à-dire pour faire changer la loi. Après le sauvetage des exilés auquel David se consacre entièrement, c'est le grand combat des associations et je veux y prendre part.

Gabrielle

Briançon, le 15 décembre

Mon Julien,

Puisque nous n'arrivons plus à nous parler, j'ai décidé de t'écrire. Ce que nous avons vécu hier soir – les cris, les larmes, ces mots horribles dans ta bouche comme dans la mienne et cette rage qui m'a fait craindre un instant que nous en venions aux mains –, je ne veux plus jamais le vivre. Je t'aime, mon fils. Je ne suis pas ton ennemi. Et je ne veux pas que tu me regardes comme tel, même si je dois me rendre à l'évidence : depuis la mort de ce jeune migrant, c'est ainsi que tu me vois.

Mon Julien, ma fonction de commissaire ne m'empêche pas d'avoir un cœur. Et même si j'en ai peu fait état parce que c'est ma nature, j'ai moi aussi été bouleversé par la disparition tragique de cet adolescent. Sinon, pourquoi aurais-je été présent à l'hommage qui lui a été rendu à la Durance par les bénévoles ? Rien ne m'y obligeait, et affronter tous ces gens avec mon uniforme n'était pas chose aisée, crois-moi. Je pensais cependant que ma place était là, avec mon fils, c'est pourquoi je t'ai demandé de m'y accompagner.

Nous y étions d'abord en tant que montagnards qui refusons de voir notre territoire devenir un cimetière ; nous y étions ensuite comme citoyens qui ne sauraient accepter qu'on meure ainsi à l'intérieur de nos frontières ; et j'y étais enfin en tant que membre de cette institution militaire qu'est la gendarmerie nationale à laquelle j'ai prêté serment, au service de laquelle je me suis dévoué toute ma vie pour assurer le maintien de l'ordre et la protection des biens et des personnes. Mais dans un cadre propre. Or, ici, il n'y a aucun cadre. Et contrairement à ce que tu crois, Julien, ce n'est pas uniquement la faute de la France. C'est aussi celle de l'Italie qui forme sa police à encourager les migrants à venir chez nous en leur indiquant les chemins à prendre – je les ai vus faire, moi, ces flics italiens, tu crois qu'ils se soucient de savoir si par -15 °C, ces miséreux arriveront sains et saufs ? Non. Ils s'en contre-foutent. Ils veulent juste moins d'immigration chez eux. Comme les autres pays d'Europe. Comme la Bulgarie, la Hongrie, la Roumanie, l'Angleterre, présents pour recevoir les aides de Bruxelles mais refusant systématiquement d'accepter leur quota d'exilés. La honte.

Alors quoi ? Ce serait à nous d'assumer la charge de tous ces gens ? De leur trouver un toit, du travail, de les éduquer ? C'est impossible, Julien. *Impossible,* il faut être réaliste. Et l'on ne fait pas de politique à partir d'un cas particulier, alors même si j'ai été bouleversé par la mort de Jokojayé, comme je te l'ai déjà écrit plus haut, je ne crois pas qu'il faille ouvrir toutes nos frontières.

Tes amis les *No border* sont bien sympathiques, mais se sont-ils posés la question de l'après ? De l'intégration ? Crois-tu que c'est une vie de végéter au Refuge ou de finir dans un camp de fortune comme il en existe à Calais ou Porte de la Chapelle, à Paris ? Je me suis rendu sur ces deux sites en mission. J'y ai vu des rats, des cas de gale et de tuberculose, des enfants abandonnés à eux-mêmes, et j'ai eu honte de mon pays. C'est bien beau de laisser entrer les gens, Julien, encore faut-il être en mesure de leur assurer une vie digne.

Et puisque tu t'intéresses vraiment au sujet, ne crois pas que leur vie à tous soient menacées dans leur pays. Les réfugiés politiques qui obtiendront l'asile, oui, mais les autres ? Ceux qui viennent pour des raisons terroristes, par exemple ? Tu ne le sais peut-être pas, mais deux des terroristes du 13 novembre sont entrés en France en se faisant passer pour des migrants et ont commis le massacre que tu sais. Quant aux réfugiés économiques, il va de soi que nous ne pouvons pas tous les accueillir.

Je te le répète, c'est impossible. Nous devons les encourager à rester chez eux, et pour cela, investir dans le développement en Afrique, en Asie, au Maghreb.

Bref, c'est un vaste et passionnant sujet dont, je l'espère, nous pourrons discuter de manière apaisée, comme nous avons toujours discuté de tout, en toute confiance, depuis ton plus jeune âge. Je crois que c'est ce temps précieux, en tête-à-tête, qui nous a manqué ces derniers temps, Julien. Moi, j'ai beaucoup travaillé, et de ton côté, tu as passé la plupart de tes soirées chez Lili. J'en suis heureux pour toi, car rien n'est plus beau que d'aimer, surtout à ton âge, mais garde ton libre-arbitre. Réfléchis par toi-même. Construis-toi ta propre opinion. Crois-tu que Lili ait vraiment la sienne ? Ou répète-t-elle ce que pense et dit David ? Je te pose la question avec toute la bienveillance du monde. Je te la pose parce que David est mon ami depuis vingt ans et que je connais par cœur sa personnalité charismatique, sa capacité à embarquer n'importe qui sur n'importe quel sujet sans même avoir besoin de parler.

Il y a dix ans, son cheval de bataille était la lutte contre l'installation des lignes à haute tension dans la vallée de la Clarée. Chaque dimanche, avec quelques zouzous, il entrait par effraction sur le site du chantier et jouait au funambule sur les lignes, à plus de dix mètres du sol, pour attirer les caméras. Sans harnais. C'était de la folie pure ! Il aurait pu se tuer. Et pour quoi, au bout du compte ? L'État a continué d'installer son réseau, ça a simplement pris plus de temps…

Julien, je ne te demande pas de t'inscrire dans mes pas ou d'avoir exactement les mêmes idées que moi. Je sais bien que le propre d'un fils est de couper le cordon avec son père, même si je n'ai pas eu le luxe de pouvoir le faire avec le mien, qui était inexistant. Je voudrais juste que le dialogue entre nous ne soit pas rompu. Je te propose donc de dîner ensemble vendredi soir, au *Grand Aigle.* Et si tu veux, on pourrait même y passer la nuit et skier samedi. Ils viennent d'ouvrir les pistes. Dis-moi.

Ton père qui t'aime

David Verand
Ostéopathe
5, rue du Rocher Diseur
05100 Montgenèvre

Montgenèvre, le 20 décembre 2020

Monsieur le Président de la République,

Je n'ai pas la naïveté de croire que vous prendrez le temps de lire mon courrier, et encore moins celui de me répondre, mais puisque vos forces de l'ordre ont pour la seconde fois décidé de me mettre en garde à vue, j'ai un peu de mal à trouver le sommeil et vous écris donc.

Je m'adresse à vous plutôt qu'à un membre de votre gouvernement car pour faire barrage au Front National, c'est au candidat que vous étiez que j'ai donné ma voix il y a trois ans ; or, si ce que l'on dit sur la responsabilité des élus devant leurs électeurs a encore un sens, vous me devez des comptes, Monsieur le Président – au moins sur ce qu'il se passe chaque nuit dans mes montagnes.

Hier soir encore, à Montgenèvre, une vingtaine d'exilés arrivaient à pied d'Italie, après plusieurs heures de marche. Il faisait -8 °C, et aucun d'entre eux n'était équipé pour ce grand froid. Notre maraude, composée des camarades de Médecins du Monde et de quelques bénévoles du Refuge Solidaire, a d'abord trouvé deux hommes inanimés. Il a fallu les porter sur des civières, puis on s'est occupés de cinq mineurs. Alors qu'on leur servait du thé et qu'on les réchauffait avec des couvertures, vos gendarmes sont arrivés et nous ont interpellés. Ils nous ont demandé nos attestations de sortie. Trois d'entre nous avaient coché la case n°1 plutôt que la case n°3. Cela ne leur convenait pas et ils nous ont verbalisés. Résultat : cent trente-cinq euros d'amende chacun. Nous leur avons fait lire vos directives ministérielles selon lesquelles il convenait de cocher la case n°1, mais ils n'ont rien voulu entendre, ils se sont agacés, et ont finalement décidé que nous étions en train d'aider des exilés à passer la frontière alors que *nous étions en France,* nos GPS à tous l'indiquaient. Une heure plus tard, les réfugiés avaient tous été reconduits en Italie. Quant à moi, j'étais placé en garde à vue, dans la belle cellule de dégrisement du commissariat de Briançon depuis laquelle je vous écris.

Ces arrestations et ces verbalisations abusives qui visent à nous pénaliser financièrement s'apparentent à un véritable harcèlement, Monsieur le Président. Nous l'avons déjà dit à votre Préfète des Hautes-Alpes le mois dernier, qui nous a répondu très diplomatiquement qu'elle ne faisait que veiller au respect du couvre-feu, avant de nous inviter à faire un recours auprès du Procureur de la République près le Tribunal judiciaire de Gap. Nous le ferons, comptez sur nous. Au moins pour le principe.

Mais cette réponse demeure procédurière, ubuesque, et révèle l'incroyable mépris de l'État pour les bénévoles que nous sommes.

Plus grave encore, elle encourage le zèle des compagnies de gendarmerie de Montgenèvre, ce qui crée un climat anxiogène et pousse les migrants à prendre des risques inconsidérés pour leur vie. Vous savez sans doute par la presse que de ce fait, plusieurs exilés sont morts dans nos montagnes. Près d'une dizaine depuis le début de la crise migratoire en 2017. J'imagine que ces chiffres ne sont rien d'autre que des chiffres, quand on se trouve à l'Élysée, mais ici, ils sont des visages, des noms, des vies.

Le dernier en date s'appelait Jokojayé. Il avait quinze ans et il venait de Guinée-Conakry. Je lui ai sauvé la vie une première fois, puis j'ai tenté de l'aider à se faire reconnaître comme mineur, ce qu'il était, il suffit de regarder une photo de lui pour en être convaincu. Malheureusement, la personne qui l'a reçu dans les bureaux de l'Aide Sociale à l'Enfance n'avait visiblement pas les yeux en face des trous – elle a jugé que rien ne le prouvait. Bref, ce gamin s'est retrouvé à la rue, et nous l'avons recueilli. Puis, pour échapper à un énième contrôle de police, il a sauté dans la Durance et il s'y est noyé. C'est moi qui suis allé à la morgue pour identifier sa dépouille.

Oui, Monsieur le Président, j'ai été confronté à la dépouille d'un enfant de quinze ans exposée sur une table métallique d'autopsie. Comment se remet-on d'une telle expérience ? Comment parvient-on à vivre avec ? C'est la question que je me pose depuis, et pour laquelle je n'ai pas trouvé d'autre réponse que d'empêcher la mort d'autres réfugiés.

La semaine dernière, c'était une Afghane avec son bébé de quatre mois et son petit garçon de trois ans que les gendarmes voulaient refouler, c'est-à-dire reconduire à Clavière en dehors de toute procédure légale, alors que cette maman et ses jeunes enfants venaient de traverser le col à pied. Il faisait aussi froid qu'hier soir et ils étaient tout aussi gelés. Nous avons dû appeler une eurodéputée, par chance présente à Briançon, pour qu'elle vienne au plus vite sur les lieux et finisse par convaincre vos forces de l'ordre de faire hospitaliser ces miséreux.

Monsieur le Président, combien de temps encore allons-nous nous déshonorer ? Vous savez comme moi que la plupart des réfugiés viennent aujourd'hui d'Afghanistan. Ce sont des gens qui ont apporté leur soutien aux régimes alliés des Occidentaux pendant les années de guerre, et qui, avec le probable retour des Talibans au pouvoir, c'est ce qu'on entend partout, risqueraient d'être assassinés. Vous savez aussi que la majorité d'entre eux ne souhaite pas rester en France. Ils veulent rejoindre le Royaume-Uni et l'Allemagne où des parents les attendent, et où ils déposeront des dossiers de réfugiés politiques pour lesquels ils cochent manifestement toutes les cases. Que gagne la France à leur faire mettre leur vie en péril dans les Alpes, si ce n'est se couvrir de honte ? À plusieurs reprises, la Cour européenne des droits de l'Homme a condamné la France pour les « conditions d'existence inhumaines et dégradantes » imposées à des exilés, « témoignant d'un manque de respect pour leur dignité ».

C'est donc bel et bien la France que vous dirigez qui est en faute, Monsieur le Président, pas nous, si bien que ce soir, j'ai pris une décision : vos forces de l'ordre pourront toujours me verbaliser de manière abusive ou même me jeter en garde à vue, ma détermination à sauver l'honneur de mon pays restera inchangée. Et ne pensez pas que je sois un cas isolé. Sur les douze mille âmes que compte Briançon, deux mille personnes au moins sont engagées pour la cause des migrants depuis les premiers que nous avons vu arriver, en 2017. Est-ce parce que nous sommes particulièrement altruistes ? Non, évidemment. Nous avons donné, bien sûr, mais nous avons aussi beaucoup reçu de ces gens. Nous étions une ville sinistrée, repliée sur elle-même, traversant une crise économique grave après la fermeture des garnisons. L'arrivée de ces étrangers nous a permis de retisser du lien social, d'avoir un projet commun, de devenir une ville solidaire. Et si vous étiez un peu malin, vous feriez de nous une ville modèle. La France ne s'en porterait que mieux et le monde aussi.

Voilà, je vous ai tout dit. Entre temps, le jour s'est levé. Vos gendarmes vont me libérer et je laisserai cette feuille sur le banc. À eux de voir s'ils voudront vous l'envoyer. S'ils vous l'envoient, chance à vous : vous pourrez lire l'hymne des Allobroges de Savoie que je trouve magnifique, et que je reproduis ici :

Allobroges vaillants, dans vos vertes campagnes,
Accordez-moi toujours, asile et sûreté.
Car j'aime à respirer, l'air
pur de vos montagnes,
Je suis la liberté, LA LIBERTÉ !

David Verand

Briançon, le 22 décembre

Les vacances de Noël sont enfin arrivées et Lili et Nino sont retournés à Marseille chez leur père. Le soulagement. Aurais-je pensé un jour écrire ça ? Non, mais voir mes enfants à nouveau confrontés à une deuxième garde à vue de David ne m'aurait franchement pas amusée. Cela s'est passé il y a deux jours et je ne l'ai su que ce soir. Pas par David, évidemment, il s'est bien gardé de me le dire. C'est la femme d'un maraudeur dont l'enfant participe à mon atelier de dessin à la MJC qui me l'a appris. D'après ce qu'elle savait, ses nerfs auraient lâché, il a insulté un gendarme. Les bénévoles n'ont pas compris. Tous veulent bien croire que la mort de Jokojayé ait fait de lui quelqu'un d'autre, mais beaucoup ont aussi l'impression qu'il se croit tout permis à cause de Vincent. Comme s'il se sentait intouchable, protégé de loin par son ami commissaire. J'ai dit à cette femme, Fanny, qu'ils se trompaient. David ne voit plus Vincent.

Quelque chose s'est cassé pour lui au moment de l'hommage à la Durance. Quand il l'a vu en uniforme, il m'a dit : *Il a choisi son camp et moi le mien*, et ça a été terminé. Le fait que Julien soit tout le temps chez nous n'aura pas arrangé les choses non plus. En novembre, Vincent est même venu me voir pour me dire qu'il fallait arrêter de bourrer le crâne de son fils. Leurs rapports étaient devenus si terribles qu'il pensait que David et moi profitions que Julien soit l'amoureux de Lili pour le rallier à notre cause. Comme si les enfants avaient besoin des adultes pour se faire leur propre jugement !

Les enfants sont si clairvoyants… Depuis la Toussaint, la maison est devenue le QG de Lili et de sa petite bande. Ils se retrouvent au moins trois fois par semaine pour débattre de leurs actions, organiser des distributions de tracts, des sessions de sensibilisation dans les classes, des marches solidaires, des sit-in devant la préfecture, des collectes de fonds… Ils veulent vraiment faire bouger les choses.

Ces enfants ont été dévastés par la mort de Joko et ils ne retourneront pas à leur vie d'avant. C'est ainsi, n'en déplaise à Vincent. Mais comment ne pas les comprendre ? Comment les en blâmer ? Nous-mêmes avons été incapables, depuis l'enterrement, de reprendre une « vie normale ». Dîner en tête-à-tête David et moi, regarder une série, prendre un bouquin ? D'autres activités sont devenues prioritaires, comme faire des maraudes, participer aux actions d'Amnesty International et de la Cimade ou aider Anne, Catherine, Joël et Adam au Refuge.

Ce qui est bouleversant, c'est de voir que nous ne sommes pas les seuls ; chaque jour, de nouveaux visages se présentent chez *Tous migrants* pour proposer leur aide. Au fond, les gens sont comme nous : même s'ils n'ont pas connu Joko-jayé, ils ne supportent pas que cet enfant soit mort à l'endroit même où eux trouvent de la beauté et de l'apaisement, dans ces montagnes magnifiques, et la seule manière qu'ils ont trouvée pour le dire est de venir au Refuge chasser les puces de lit et servir des repas chauds. Mes parents font partie de ces gens. Un jour, nous les avons retrouvés en train de donner des cours de français dans le réfectoire, ils ne nous avaient jamais parlé de leur désir d'engagement.

Je suis inquiète pour David.

Je sais qu'il ne cédera pas d'un pouce sur ses convictions, et Vincent non plus. Pire, j'ai la sensation que Vincent se servira même de ce désaccord « politique » et amical pour se venger de sa rupture avec son fils. Pourquoi David est-il le seul des maraudeurs à s'être retrouvé au commissariat ? *Parce qu'il a insulté un gendarme !* m'a répondu Anne. Certes. Mais Vincent aurait pu l'empêcher et qu'il ne l'ait pas fait en dit long sur sa rancœur.

Que se passera-t-il au retour des enfants, quand Julien sera à nouveau fourré chez nous en permanence ? Je crois que je préfère ne pas trop y penser pour l'instant, et me concentrer sur mon atelier de dessin.

La MJC est une bulle, m'y retrouver me fait tellement de bien... Pour cette session de Noël, j'avais prévu de faire travailler les enfants sur les premiers passages du journal de Joko que j'ai retrouvé dans son sac à dos, abandonné au pied du lit de Nino. Il y parle de sa vie à Conakry, des moments où il allait se poser tout au bout de la presqu'île de Camayenne, face aux îles de Loos, et qu'il rêvait à sa vie future, en Europe. Ce sont des passages très beaux, très simples, et j'aurais aimé que les enfants les illustrent, mais je n'ai pas réussi à remettre la main sur le journal. J'étais pourtant certaine de l'avoir caché dans mon tiroir à chaussettes... J'espère que Lili ne l'a pas découvert et emporté avec elle à Marseille, tant l'épisode libyen est insoutenable. J'ai fait un malaise après l'avoir lu.

En Libye, Jokojayé était avec son frère Ismaël, de deux ans son aîné. Ils sont arrivés dans ce pays avec d'autres Guinéens, dans un pick-up conduit par un passeur. À Sabha, une ville du sud, ils ont été transférés dans un garage sans savoir qu'il s'agissait d'un marché aux esclaves. On les a fait asseoir par terre et des hommes sont venus faire leur choix. *La première chance qu'on a eue,* écrit Joko dans son journal, *c'est que nous n'étions pas des filles ; nous aurions été condamnées à la prostitution forcée. La seconde chance, c'est qu'Ismaël et moi n'avons pas été séparés à ce moment-là. Un homme a payé 400 dollars à notre passeur et il nous a pris tous les deux.* Exploités comme travailleurs agricoles, Joko et son frère Ismaël ont été battus et affamés pendant plusieurs mois avant de parvenir à s'échapper. Ils ont gagné la capitale, puis ont été à nouveau kidnappés par les Asma Boys de Tripoli qui les ont retenus en otage dans une maison abandonnée, les obligeant sous la torture à joindre leur mère pour qu'elle envoie la rançon réclamée. Et la mère a payé, mais cela n'a pas suffi à sauver le fils aîné. Ismaël, attaché à son frère, leurs deux chevilles retenues ensemble par une paire de menottes, a succombé à ses blessures. Fin du supplice pour lui, mais pas pour Jokojayé, resté enchaîné au cadavre de son frère pendant trois jours. Oui, pendant trois jours, Jokojayé a vu et senti son frère pourrir à ses côtés, sans pouvoir s'en détacher.

J'espère que Lili ne lira jamais cela.

Je donnerai demain aux enfants de la MJC le poème de Prévert qu'Anne a lu à la Durance, pour rendre hommage à Joko. C'est un poème qui s'appelle *Étranges Étrangers* que l'auteur a écrit en 1951. Pourtant, quelle modernité ! Rien n'a changé dans notre rapport aux exilés. Ceux qui nous gouvernent devraient le lire, ils s'en rendraient compte.

De : davidverand@cabinet-osteobriançon.com
À : lililaphoceenne@gmail.com

Ma chère Lili,

Merci pour ton long mail et tes vœux qui m'ont fait bien plaisir. Pour répondre à ta question, oui, ne t'inquiète pas, tout le monde va bien au Refuge, même si nombreux sont ceux qui commencent à accuser la fatigue. Avec l'arrivée du grand froid et cette affreuse tempête de neige sur les Alpes, la situation s'est tendue : les exilés arrivent toujours en nombre mais ils repartent moins vite, si bien qu'hier encore, ils étaient près de cent quatre-vingts à dormir au Refuge pour, comme tu le sais, seulement dix-sept places homologuées. Résultat, il y a maintenant des matelas partout, jusque dans les couloirs et même dans le réfectoire. Mais comment faire autrement ? Nous ne pouvons pas, par ce temps, laisser les gens dehors…

Les maraudes sont devenues très dures aussi. On s'enfonce dans la neige parfois jusqu'à la taille, cela nous ralentit affreusement, mais personne ne se décourage tant elles sont nécessaires : toutes les nuits, nous sauvons la vie de plusieurs exilés. Hier soir, c'était encore une famille avec trois jeunes enfants et un grand-père, la veille, six mineurs dont l'un a dû être amputé des deux pieds, ses extrémités avaient gelé.

Voilà la situation. Aujourd'hui. En France. Ta mère m'en voudrait sans doute de te raconter ça, c'est vrai que c'est abominable, mais puisque tu m'as dit dans ton mail que tu avais lu le journal de Joko, je pense que plus grand-chose ne peut te choquer. Oui, Lili, en Libye, les choses se passent exactement comme il les a racontées, et, en ce moment, des centaines d'autres êtres humains subissent le même sort. Nous ne pourrons pas dire que nous ne savions pas.

Ton idée de vouloir publier le journal de Joko est formidable. Je te félicite. Ce serait un très bel hommage. Et une belle manière d'alerter le monde sur ce que vivent ces exilés. J'ai hâte d'en reparler avec toi quand tu rentreras de chez ton père. En attendant, je te souhaite une belle fin de vacances. Embrasse bien fort Nino pour moi.

David

Briançon, le 10 janvier 2021

Julien,

Je pensais que ces vacances chez ta tante en Bretagne t'avaient fait du bien, que tu avais pris du recul et enfin compris que dans la vie, les choses ne sont pas toutes noires ou toutes blanches. Mais je me suis trompé, puisque depuis ton retour, je n'ai pas eu la chance d'entendre le son de ta voix, ni de te voir. Je l'écris ici pour qu'on s'en souvienne toi et moi dans dix ans, *tu refuses de poser ton regard sur moi comme de me répondre*, c'est tout simplement hallucinant. Mais bravo, belle attitude. Très constructive ! J'espère au moins que tu ne crois pas m'impressionner, parce que des loulous de ton espèce, j'en ai croisé un certain nombre au cours de ma carrière. Et c'est marrant, ce sont toujours les moins costauds, ces gars-là... Dès que tu les éprouves un petit peu, il n'y a plus personne.

Mais bon, je ne vais pas t'humilier tout de suite (même si ton attitude exécrable à mon égard le mériterait), je vais simplement être clair avec toi, mon fils : je ne veux plus que tu ailles chez Lili le soir après les cours. Je te l'interdis formellement. La fête est finie ! Tu es en première, tu as le bac à la fin de l'année, il me semble que tu as autre chose à faire qu'organiser des sit-in et des marches solidaires.

Je te prierais aussi de bien vouloir enlever toutes les conneries que tu as collées sur ta porte faisant d'elle une frontière que je n'ai pas le droit de franchir, et en particulier ce dessin dégueulasse d'un homme noir barré d'une croix rouge, comme si la France interdisait son territoire aux gens de couleur. Comment peux-tu aller aussi loin ? Je sais bien qu'à ton âge, on aime être dans la provocation, mais dans la malhonnêteté intellectuelle, ça, non ! Jamais je ne l'accepterai sous mon toit. Qui est allé te mettre des saloperies pareilles dans la tête, je l'ignore, mais la France n'est pas un pays raciste, Julien. Elle ne refuse pas ces exilés parce qu'ils sont noirs. Ou jaunes, ou verts, ou rouges, ou ce que tu veux ! Elle les refuse parce qu'elle ne peut pas accueillir toute la misère du monde. Parce qu'elle est en droit, comme n'importe quel pays, de maîtriser son immigration. Tu ne dormirais pas la porte de chez toi grande ouverte, à ce que je sache ? Et pourtant tu n'es pas dans la haine de l'autre. Eh bien, ce qui vaut à l'échelle individuelle vaut à l'échelle collective, c'est pareil !

Et voilà, je m'emballe à nouveau alors que je m'étais promis de ne pas revenir sur le fond… Ça ne sert à rien de parler du fond avec toi. Tu n'as pas la maturité nécessaire. Tu n'entends pas ce que je te dis. Cela me rend triste, Julien. Très triste, mais je n'irai pas dans ton sens pour réduire le fossé qui s'est creusé entre nous. Non, je n'abandonnerai pas mon rôle de père. Je le tiendrai jusqu'au bout, quitte à me faire violence. Et me faire violence, ça veut dire peut-être t'envoyer en pension. C'est une option à ne pas écarter si j'apprends que tu continues à aller chez Lili après les cours, et à dépenser toute ton énergie dans la cause des migrants. Voilà, tu le sais. Tu ne pourras pas dire que tu n'as pas été prévenu. Nous partons ce week-end à Lyon chez des amis. Prépare ton sac, je passerai te prendre à 18 heures à la maison.

Papa

P.S. : Une chose encore concernant David. Tu m'as hurlé l'autre soir que « je l'avais foutu en garde à vue pour me venger du fait que tu te sois rangé de son côté plutôt que du mien ». C'est sans doute ce que pense sa copine Gabrielle et c'est un peu idiot que tu répètes tout ce qui se dit dans cette maison sans réfléchir. Le soir où il s'est fait arrêter, j'étais dans mon lit, avec une affreuse migraine ophtalmique. J'avais coupé mon portable. Je n'ai été au courant des frasques de David qu'après sa libération. En revanche, je sais depuis ce matin que le Procureur de la République a ouvert une information judiciaire pour « aide à l'entrée illégale sur le territoire » dans le cadre de laquelle il a demandé à l'entendre... Je vais donc devoir l'arrêter. Préviens-le, s'il te plaît, qu'il ne prenne plus de risques inconsidérés. Tu vois, Julien, si j'ai une qualité, c'est d'être un bon ami. Je l'ai toujours été.

11 janvier 2021
12 h 38

Salut Adam,
Je suis dans la merde, là.
J'ai une famille au
mazot et il faut que je les
redescende ce soir.
Tu peux me trouver une voiture ?

Ça peut pas attendre demain ?

Non. Julien, le fils de Vincent, m'a dit
qu'une info judiciaire avait été ouverte
et qu'ils veulent m'entendre.
Je sais pas si c'est du bluff ou pas.
Mais si c'est vrai,
je ne pourrai pas remonter tout de suite.

On peut le faire Joël et moi, si tu veux.

Non, non. J'ai dit à ces
gens que je revenais,
je reviens. Ils m'attendent.

Je comprends. Pour la bagnole,
je vais demander à mon père.
C'est une Renault, une
petite camionnette, ça ira ?

Oui, parfait. Tu me dis
quand je peux passer
la prendre avant la tombée de la nuit.

Yes. Je te tiens au jus.

De : anne@tousmigrants.com
À : aurelie.barot@lacimade.org ;
xavier512@amnestyinternational.com ;
j.delaude@medecinsdumonde.fr ;
f.zareda@medecinsdumonde.fr ;
lauredeville@secours.catholique.fr ;
thierrycau@medecinssansfrontieres.com ;
rafikad25@utopia56.com ;
lud.trouillot@singa.fr
Cc : joël@tousmigrants.com ;
adam@tousmigrants.com ;
catherine@tousmigrants.com
12 janvier, 12/01/21 GMT+1

URGENT : BÉNÉVOLE MIS EN DÉTENTION PROVISOIRE/DÉLIT DE SOLIDARITÉ/BESOIN D'UNE MOBILISATION MASSIVE

Chers amis,

Un grand coup a été porté cette nuit à l'association *Tous migrants* et au Refuge Solidaire par la justice française, qui s'en est prise de manière totalement arbitraire et démesurée à l'un de nos bénévoles, David Verand, ainsi qu'à sa compagne, Gabrielle Allard.

Au cours d'une maraude, David a secouru une famille de Syriens, un père, une mère, une fillette et un grand-père de soixante-douze ans, lequel était littéralement à bout de forces. Ces gens se trouvaient alors déjà en France et non plus en Italie – ce qui n'est pas un détail pour la suite – à quelques centaines de mètres du Lac du Serpent près duquel David possède un mazot. Il fallait mettre le grand-père à l'abri au plus vite, sans quoi il allait mourir de froid et de fatigue. David a donc pris la décision humaine de transporter ces gens jusque chez lui. Il les a soignés, réchauffés, nourris, puis il a naturellement décidé de les descendre à Briançon où nous les attendions pour leur permettre de se reposer quelques jours avant de rejoindre Marseille où ils pourraient faire leur demande d'asile, ce qui est leur droit le plus strict. Seulement en redescendant dans la vallée, David a vu qu'il était suivi par les gendarmes. Il y en avait partout aux abords de Briançon, la ville était cernée. Or quelle faute avait-il commise ? Il n'avait aidé personne à passer la frontière. Je le répète, tout s'était passé *en* France.

Pris de panique, il est remonté vers Montgenèvre dans l'idée de mettre ces malheureux à l'abri chez lui, mais deux véhicules de la gendarmerie stationnaient à l'entrée de sa rue et il est redescendu vers Briançon. Le jour commençait à poindre. Il a pensé se rendre à son cabinet d'ostéopathie, mais cette fois, c'était un gendarme à pied qui faisait le guet devant sa porte. Idem devant chez moi, et devant les maisons de deux autres bénévoles du Refuge. En réalité, nous étions tous surveillés. Sans aucune solution de repli, David a débarqué chez sa compagne qui, évidemment, lui a ouvert sa porte. Dans l'épouvante, avec cette petite fille de huit ans terrifiée dans les bras, et pour ne pas inquiéter les enfants de Gabrielle qui dormaient à l'étage, ils ont choisi de cacher ces exilés dans une remise, au fond du jardin. Gabrielle est alors partie chercher pour eux des couvertures à l'intérieur tandis que David tentait de les rassurer, leur répétant sans cesse : *Si quelqu'un vient, vous dites « je demande l'asile », répétez après moi, « je demande l'asile » !* mais dans le même temps, policiers et gendarmes pénétraient dans la maison et quelques secondes plus tard, mettaient Gabrielle et David en état d'arrestation.

La famille de Syriens a été envoyée en centre de rétention administratif près d'Avignon. David et Gabrielle, eux, ont été immédiatement déférés devant le tribunal de Gap, et poursuivis pour « aide à l'entrée illégale d'étrangers sur le territoire national en bande organisée ». Oui, vous avez bien lu, « aide à l'entrée sur le territoire » alors qu'ils s'y trouvaient déjà. Et plus fou encore, en « bande organisée. » Ils étaient deux !

Aujourd'hui, David et Gabrielle risquent cinq ans de prison et 30 000 euros d'amende. Ils auraient pu être jugés en comparution immédiate, mais sur les conseils de leur avocate, ils ont préféré refuser pour prendre le temps de bien préparer leur défense. Leur procès aura lieu fin mars. En attendant, le président du tribunal a suivi les requêtes du procureur : il a laissé Gabrielle en liberté surveillée en raison des enfants qu'elle pourra voir une fois tous les quinze jours, mais placé David en détention provisoire à la prison des Baumettes, à Marseille. Quant aux enfants de Gabrielle, ils ont été conduits au commissariat de Briançon et gardés là-bas jusqu'à ce que leur père, venu de Marseille, les récupère.

Chers amis, le traitement de cette famille de solidaires, et en particulier cette privation de liberté intolérable pour qui n'a fait que donner corps à la fraternité, est une décision sans précédent de la part des juges, un scandale qu'il nous faut dénoncer haut et fort, car nous ne sommes pas dupes : derrière les juges, il y a des hommes et des femmes politiques qui ont trouvé là le moyen de faire pression sur tous ceux et celles qui choisissent d'être solidaires, et dans une démocratie digne de ce nom, ce n'est pas acceptable. Je vous demande donc d'activer au plus vite tous vos réseaux afin qu'une mobilisation générale s'organise à travers le pays pour faire sortir de prison notre bénévole, David Verand.

Dans la soirée, je vous enverrai une tribune dont je termine la rédaction. Elle sera signée par plusieurs personnalités et publiée dans l'édition du *Monde* de demain. Une version sera également mise en ligne sur notre site, merci de la faire tourner.

Amitiés solidaires,

Anne Palud,
Tous migrants

Les Baumettes, le 14 février

Gabrielle,

J'entame ce lundi ma quatrième semaine derrière les barreaux, mais je n'oublie ni le son de ta voix, ni le parfum de ta peau que j'aurais tant aimé respirer en ce jour des amoureux. Te souviens-tu de l'endroit où nous l'avons fêté l'an dernier ? Nous étions au mazot, seuls au monde, deux jours hors du temps à ne rien faire d'autre que s'aimer. Tu avais laissé les enfants à Marseille et tu étais venue me rejoindre pour le week-end. C'est ce jour-là que tu m'as annoncé que tu avais pris ta décision : pour moi, tu revenais t'installer à Briançon à la prochaine rentrée. Avec le recul, je crois pouvoir dire que je n'ai jamais été aussi heureux qu'à cet instant. Cette vie à t'attendre depuis nos dix-sept ans, à penser à toi de loin en loin, à te retrouver, te re-séduire, te faire changer de ville et d'existence, elle me donnait donc raison… J'étais comme l'enfant qui retrouve sa famille après avoir été longtemps perdu dans un parc, délesté de sa peur mais sans voix.

Oui, tu étais toute ma famille, Gabrielle, et bien plus encore, et voilà que par ma faute, je te perds à nouveau. Comment me pardonnerais-je cela ? Et toi, comment me pardonneras-tu de vous avoir fait vivre ce cauchemar ? Chaque nuit, je te revois sortir de la maison avec Lili et Nino accrochés à tes flancs, surtout Nino qui ne voulait pas se détacher de toi, je revois cette horrible fliquette te l'arracher des bras pour le faire entrer avec sa sœur dans une voiture où tu n'as pas eu le droit de monter, j'entends vos cris à tous les trois, les pleurs de Lili, la voiture qui démarre et le crissement des pneus au loin dans le virage. J'entends les pas de Vincent sur le gravier. Vincent qui n'a même pas eu le courage d'affronter mon regard, qui était là, donnant ses ordres en baissant la tête.

Oui, j'entends chacun de ses ordres minables et les hurlements que je pousse pour le faire taire. Si tu savais comme je hurle, Gabrielle ! Toutes les nuits, je hurle. De rage, d'injustice, de chagrin ! Mais je comprends que tu ne veuilles plus m'adresser la parole. Je comprends le silence que tu opposes à toutes mes lettres. Je comprends aussi, parfaitement, que tu sois retournée vivre à Marseille pour être auprès de tes enfants, la seule chose qui compte désormais. Je comprends tout, mon amour, mais je ne regrette rien, car jamais je ne pourrai accepter que des hommes meurent dans ces montagnes où je suis né.

David

Briançon, le 30 juin 2022

Chers exilés, chers bénévoles, chers amis d'ici et d'ailleurs,

Quelle émotion pour moi d'être à nouveau avec vous, à Briançon, dans ce nouveau lieu d'accueil que sont les Terrasses Solidaires… Si vous saviez combien de fois, depuis mon départ précipité il y a dix-huit mois, j'ai rêvé de ce moment… Merci de nous accueillir si nombreux pour nous montrer vos bâtiments et fêter la publication du journal de Jokojayé.

Avant que vous puissiez vous le procurer auprès de Jeanne, installée juste là, à ma droite, je voudrais vous en dire deux mots. Ce texte se trouvait dans le sac à dos que Joko a laissé chez nous. Je l'ai lu d'une traite chez mon père à Marseille alors qu'il était mort depuis plusieurs semaines, et j'en ai été si bouleversée que j'ai tout de suite eu envie de le partager avec le plus grand nombre. Mais comment le faire éditer ? Par qui ? Je n'en avais pas la moindre idée. J'en ai parlé à Julie Langlois, qui était ma professeure de français l'an dernier, et elle a accueilli cette idée avec tout l'enthousiasme dont j'avais besoin. Je ne l'en remercierai jamais assez, elle m'a donné des ailes. Elle m'a surtout présenté l'un de ses amis auteur qui a eu la générosité de m'introduire auprès de son éditeur, Marc Lélo, qui est avec nous aujourd'hui.

Cher Marc, je vous ai adressé un mail comme on envoie une bouteille à la mer, et vous m'avez répondu au bout d'un mois à peine. Vous aviez lu le journal. Vous étiez sans voix. Vous m'avez dit que ce texte *devait* exister, que c'était une nécessité, mais pas tout seul. Pour plus d'impact, vous pensiez qu'il devait être accompagné d'une série de textes sur les réfugiés. Pendant six mois, nous avons donc demandé à des hommes et des femmes politiques, des artistes, des avocats, des journalistes, des médecins et des bénévoles œuvrant dans des associations de nous en fournir. Rencontrer et échanger avec tous ces contributeurs a été une grande chance pour moi. Certains sont là aujourd'hui, beaucoup n'ont pas pu faire le voyage, mais je les remercie tous chaleureusement pour l'éclairage indispensable qu'ils apportent sur la situation mondiale des exilés, au-delà du destin tragique de Jokojayé.

J'aimerais enfin saluer ma mère et David Verand, que je suis si heureuse de revoir… Comme chacun le sait ici, tous les deux ont payé cher leur engagement, mais je voudrais dire à David mon immense reconnaissance d'avoir eu l'instinct, il y a presque deux ans maintenant, de mettre Jokojayé dans notre coffre alors que nous redescendions d'une randonnée en montagne et que ce jeune garçon était poursuivi par les gendarmes. Oui, merci à toi, David, et à maman, d'avoir recueilli Joko à la maison, de l'avoir soigné, lavé, nourri, car se faisant, vous avez à jamais changé nos regards, à Nino et moi, sur l'Autre. Vous nous avez montré ce que le mot Fraternité veut vraiment dire et c'est peut-être le cadeau le plus précieux que vous nous ayez fait.

Lili

« Pour l'éditeur, le principe est d'utiliser des papiers composés de fibres naturelles, renouvelables, recyclables et fabriquées à partir de bois issus de forêts qui adoptent un système d'aménagement durable. En outre, l'éditeur attend de ses fournisseurs de papier qu'ils s'inscrivent dans une démarche de certification environnementale reconnue. »

PAPIER À BASE DE FIBRES CERTIFIÉES

hachette s'engage pour l'environnement en réduisant l'empreinte carbone de ses livres. Celle de cet exemplaire est de : 500 g éq. CO_2
Rendez-vous sur www.hachette-durable.fr

Achevé d'imprimer en Espagne par Rodesa
Dépôt légal 1re publication : octobre 2022
80.3900.3 – ISBN : 978-2-01-714768-8
Édition 01 – Dépôt légal : octobre 2022

LES ENGAGÉS

DU FILM

Le désir de faire un film sur *Les Engagés* est né en mai 2018, lorsque j'ai découvert dans la presse l'affaire dite des « 7 de Briançon » : des bénévoles et sympathisants de Tous Migrants étaient accusés d'aide à l'entrée illégale sur le territoire, et venaient pour cela d'être placés en détention provisoire, simplement parce qu'ils avaient participé à une marche en faveur de la solidarité avec les exilés. Être ainsi privés de liberté alors qu'ils défendaient une valeur inscrite sur tous nos édifices publics – je veux parler de la fraternité – m'a semblé d'une telle injustice que je me suis rendue à Briançon pour tenter de comprendre ce qui se jouait sur ce territoire. Et c'est ma rencontre avec ce territoire, avec ces montagnes magnifiques, mais aussi avec leur dureté et leur dangerosité, qui m'a donné envie de faire des images.

Le film raconte l'histoire de David et de sa désobéissance aux lois pour demeurer fidèle à ses valeurs. Comme Elie Wiesel, David est un personnage qui pourrait dire la phrase que je cite en exergue du roman : « Lorsque des vies humaines sont en danger, lorsque la dignité humaine est en danger, les frontières nationales deviennent sans objet. »

La vie humaine en danger, dans le film, est celle de Joko. On la voit sans cesse mise en péril. Ce personnage m'a été inspiré par le destin tragique de Blessing Mattiew, jeune Nigériane de vingt ans qui s'est noyée le 7 mai 2018 dans la Durance pour échapper à un contrôle de police. À l'heure où j'écris ces lignes, suite à un nouveau témoignage accablant pour les forces de l'ordre, les associations ont réclamé la réouverture du dossier afin que ces dernières soient jugées responsables de cette mort. Le cadavre de Blessing, comme celui de Joko, a été retrouvé sans vie au barrage de Prelles, et c'est dans le cimetière de ce petit village que la jeune exilée comme mon personnage de fiction reposent.

Lorsque j'ai eu terminé le film, je me suis rendu compte qu'outre la désobéissance de David, il racontait la mort de Joko, mais pas sa vie, ni son parcours depuis la Guinée-Conakry. Et c'est dans ce manque qu'est né mon désir d'écrire le texte que vous venez de lire.

Le roman est véritablement le hors-champ du film.

Le roman raconte ce que le film ellipse – l'histoire de Joko, mais aussi celle de Lili.

Les adolescents, dans le film, regardent les adultes agir. Mais il n'y avait pas la place pour leur donner la parole. C'est donc ici, dans le roman, que je l'ai fait. Avec toute la liberté de création qui me revient, ce qui explique parfois qu'il puisse y avoir des différences entre le film et le roman. Mais la « colonne vertébrale » de cette histoire reste la même, et c'est elle que je vous propose de regarder dans les pages qui suivent, à travers des croquis que j'ai dessinés, des photos de plateau et des extraits du scénario.

AU ROMAN

Nino (Sacha Bejaoui) - **Lili** (Luna Bevilacqua)
Gabrielle (Julia Piaton) - **David** (Benjamin Lavernhe)
(de gauche à droite)

LES PERSONNAGES

ANNE
(Catherine Hiegel)

JOKOJAYÉ
(Youssouf Gueye)

LES IMAGES

DU FILM

R.I.P
JOKO

L'ACCIDENT

COMMENT ON FAIT UN FILM

« En fin de journée, quand on es redescendus dans la vallée, Nino et moi étions tellement cuits qu'en deux secondes on s'es endormis à l'arrière de la voiture, comme des bébés repus de soleil et d'oxygène, e puis soudain, un coup de frein accompagné des cris de David et maman nous ont tirés du sommeil.

— Je l'ai pas vu, a murmuré David er panique. Je sais pas ce qui s'est passé, je l'a pas vu... Maman se tenait le visage entre les mains, elle ne pouvait pas dire un mot. David est sorti de la voiture. »

SEQ 6

INT. JOUR. VOITURE DAVID

Fin de la musique. David conduit. Il change de fréquence: une émission de variété qu'on entend à peine. Gabrielle, à ses côtés, tient la main de David, leurs doigts enlacés.

GABRIELLE
(tout bas)
J'ai adoré cette journée...

Un temps. Ils roulent, comme dans un cocon. David jette un oeil à son rétro central: Lili et Nino dorment profondément, emmêlés l'un à l'autre.

DAVID
Y'a plus personne, derrière!

Gabrielle se retourne pour regarder ses enfants quand un grand coup de frein de David la projette sur le côté. David a donné un brutal coup de volant et pilé sec, percutant quelque chose, ou quelqu'un. Ils ne savent pas. Le choc les paralyse. Silence total, excepté la radio en fond, très faible. Un temps. David éteint la radio et sort de la voiture.

On démarre sur leurs mains → Gabrielle a pris entre les siennes, la main droite de David, qui conduit, qu'elle caresse avec tendresse. Puis on monte sur son visage; "J'ai adoré cette journée".

L'idée est de ne rien voir de la percussion, et a fortiori de Joko.
Que cet accident soit une stupéfaction, & l'irruption d'une violence inattendue pour cette famille. Le monde s'invite dans leur cocon & les laisse sans voix -

L'ACCIDENT

1

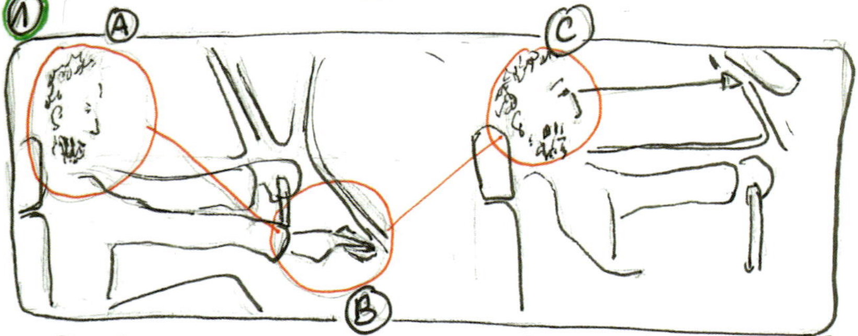

Ⓐ On commence sur le visage de David, concentré sur la route.

Ⓑ David change de fréquence : fin de la musique du générique pour une émission Vandel sur Europe 1.
(→ Un invité, discussion, rires de fond)

Ⓒ. la caméra remonte avec son regard sur le rétro central.

2

David regarde les enfants dans le rétro
"Y'A plus personne, derrière"

3

Gabrielle s'est retournée pour les regarder.

4

5

6

LE REFUGE

COMMENT ON FAIT UN FILM

« La bénévole m'a servi un thé chaud avec des gâteaux avant de me demander de la suivre dans son bureau. Il y avait des papiers partout, et les murs étaient tapissés d'informations, de dessins, de photos, d'articles de presse sur le Refuge ainsi que d'une grande carte de France avec des petits drapeaux épinglés sur tout le territoire qui indiquaient les lieux d'accueil pour migrants. C'étaient tous les endroits où je pouvais aller et où je trouverais de l'aide – j'en ai eu la gorge serrée d'émotion. »

- Le fils de l'homme
- Le fils de Saül

seq 25
(Plan séquence)

INT. ~~NUIT~~ JOUR. REFUGE

25

DAVID fume devant le refuge, et observe le bâtiment et les migrants devant, comme s'il avait besoin de marquer un temps avant d'entrer. Il a avec lui un sac Champion rempli de fringues. Des hommes dehors écoutent de la musique. David entre. Nous le suivons de près. Il porte un sac rempli de fringues. La première pièce est une large cuisine où quelques hommes dînent, on le salue. A la deuxième table, **une femme donne le sein à un nourrisson** de deux mois. Le regard de David est happé par cette image. Il continue, emprunte un couloir étroit, croise d'autres migrants. Dans un recoin, une pile effarante de linge sale. Il monte les escaliers, croise d'autres migrants, arrive à l'étage, ouvre une chambre où une autre dizaine de migrants sont allongés sur des lits, il ne voit pas Joko et referme la porte, puis se dirige vers une autre porte qu'il ouvre.

Sur un lit, il reconnait tout de suite le sac à dos de Joko, son jean, ses baskets et son pull jaune.

DAVID
(à un migrant allongé à côté)
Pardon... Vous savez où se trouve le garçon à qui appartient ces affaires?

MIGRANT
A la douche...

DAVID ressort et se dirige vers le lieu indiqué où il trouve en effet Jokojayé, en caleçon avec sa pochette plastique et sa serviette, qui attend son tour. Il en éprouve un soulagement démesuré, qui le dépasse. Le garçon lui jette un regard un peu absent.

DAVID
(émotif)
Ça va? On a pu t'aider? Je vais te donner un peu d'argent. Et puis j'ai des vêtements, là... Regarde ce qui te va. Je vais te donner mon numéro de téléphone. Comme ça, si tu as un problème, tu m'appelles. D'accord?

Le garçon le regarde, sans expression.

DAVID (CONT'D)
Tu as un téléphone?

Le garçon tend son smartphone. David l'attrape. Compose son propre numéro. Ça sonne sur son portable, qu'il attrape.

DAVID (CONT'D)
C'est bon, maintenant j'ai ton numéro et tu as le mien.

A l'intérieur du Refuge Jour.

David traverse la salle du réfectoire. Caméra au ralenti. Il ne s'arrête pas, ose à peine regarder les gens. Certains pourtant accrochent son regard

femme qui allaite

L'ARRESTATION

COMMENT ON FAIT UN FILM

« En me rapportant leur conversation, maman s'est souvenue qu'il lui avait dit : Mais ils vont me laisser le prendre ? Cela l'avait surprise. Elle lui a répondu qu'elle allait les prévenir et elle a raccroché sans se douter un instant qu'il irait chercher mon frère au stade, mais qu'ensuite, il l'emmènerait Chez Jésus, en Italie. Oui, c'est ce que David a fait... Il a même demandé à Nino de s'allonger à l'arrière de sa voiture, sur Joko dissimulé sous une couverture, et c'est ainsi qu'ils ont pu repasser la frontière. »

EXT/INT. JOUR. VOITURE DAVID

La voiture de DAVID commence à monter vers Montgenèvre.

CUT TO:

Apparait sur le bas-côté une voiture de la gendarmerie et 2 gendarmes en uniforme.

DAVID
(dans un souffle)
Putain, ils sont là...

Jokojayé glisse au sol, comme pour disparaître sous le pare-brise, tandis que DAVID attrape une couverture sur la banquette arrière et la lui jette dessus.

Le gendarme lui fait signe d'arrêter- il n'a pas d'autre choix que d'obéir.

GENDARME 3
Bonsoir. Papiers du véhicule s'il vous plaît.

DAVID, ultra tendu, se penche au-dessus de la couverture qui cache Jokojayé pour attraper les papiers dans la boîte à gants. Il les tend au flic.

GENDARME 3 (CONT'D)
Qu'est-ce qu'y a, là-dessous?

DAVID ne répond rien. Il sait qu'il est foutu.

GENDARME 3 (CONT'D)
Enlevez-moi cette couverture.

EXT. JOUR. ROUTE DE MONTGENEVRE

DAVID et Jokojayé, de dos devant leur voiture, se font menotter.

DAVID
C'est un mineur, il est pas en situation irrégulière.

GENDARME 3
Y'a un document qui le prouve?

Le flic retourne Jokojayé, qui fait non de la tête.

DAVID
Il s'est signalé au Refuge, appelez-les, ils vous le diront.

Le gendarme 3 empoigne Jokojayé et l'emmène vers un autre véhicule.

(1)

▽ Immédiatement, Joko disparaît, se cache à terre. David attrape la couverture à l'arrière et la ~~lui met~~ jette sur lui.

(2)

Le flic fait signe à David de s'arrêter. Il vient à sa droite, ouvre la fenêtre. Le plan continue jusqu'à ce que David tende les papiers.

(3)

(5) net sur David

P.O.V du flic qui regarde la couverture. En flou, au 1er plan, le profil de David

~~Off~~ du flic (IN) : Qu'est-ce qui y a là-dessous ?

HOMMAGE

À BLESSING MATTHIEW

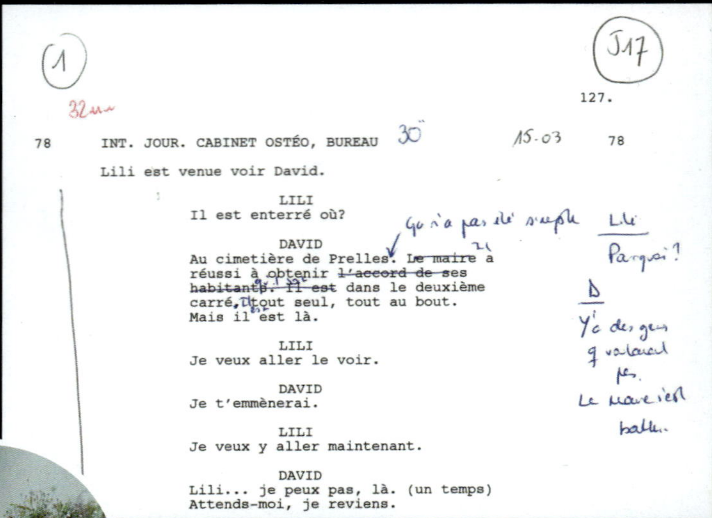
(1) J17

127.

32mn

78 INT. JOUR. CABINET OSTÉO, BUREAU 30" 15.03 78

Lili est venue voir David.

LILI
Il est enterré où?

DAVID
Au cimetière de Prelles. ~~Le maire~~ a réussi à obtenir ~~l'accord de ses habitants. Il est~~ dans le deuxième carré, tout seul, tout au bout. Mais il est là.

LILI
Je veux aller le voir.

DAVID
Je t'emmènerai.

LILI
Je veux y aller maintenant.

DAVID
Lili... je peux pas, là. (un temps)
Attends-moi, je reviens.

Dans la nuit du 7 au 8 mai 2018, Blessing Matthiew, jeune nigériane de 20 ans, s'est noyée dans la Durance pour échapper à un contrôle de police. Son corps a été retrouvé au barrage de Prelles et enterré tout seul, tout au fond du deuxième carré du cimetière de ce petit village. En 2021, la soeur de Blessing a réclamé la réouverture de l'enquête en raison d'un nouveau témoignage accablant pour les forces de l'ordre, mais la justice le lui a refusé. Le destin tragique de cette jeune femme m'a inspiré le personnage de Jokojayé.